大美的逸彩世界

韩贵华 ◎ 著

哈尔滨出版社
HARBIN PUBLISHING HOUSE

图书在版编目（CIP）数据

大美的逸彩世界 / 韩贵华著. —— 哈尔滨：哈尔滨出版社，2024.1

ISBN 978-7-5484-7657-3

Ⅰ.①大… Ⅱ.①韩… Ⅲ.①散文集—中国—当代 Ⅳ.①I267

中国国家版本馆CIP数据核字(2023)第243711号

书　　名：大美的逸彩世界
　　　　　DAMEI DE YICAI SHIJIE

作　　者：韩贵华　著
责任编辑：韩伟锋
封面设计：树上微出版

出版发行：哈尔滨出版社（Harbin Publishing House）
社　　址：哈尔滨市香坊区泰山路82-9号　邮编：150090
经　　销：全国新华书店
印　　刷：湖北金港彩印有限公司
网　　址：www.hrbcbs.com
E-mail：hrbcbs@yeah.net
编辑版权热线：（0451）87900271　87900272

开　本：880mm×1230mm　1/32　印张：5.75　字数：114千字
版　次：2024年1月第1版
印　次：2024年1月第1次印刷
书　号：ISBN 978-7-5484-7657-3
定　价：68.00元

凡购本社图书发现印装错误，请与本社印制部联系调换。
服务热线：（0451）87900279

序
XU

  《大美的逸彩世界》是近些年来，由大美在网络上发表的三十余篇作品结集而成。我们将会看到大美在近几年的随笔而绽放出的思想之花。《成都我为你停留》《五丁开出一成都》《花雅之争与蜀派名伶魏长生》，以大美的视角带你游览成都这座网红城市，娓娓道来她的前世今生，讲述在此发生的别致而平凡的故事——从那些名声大噪的成都人那里，也许你会看到一个不一样的成都。

  "二十里路香不断，青羊宫到浣花溪。"是否为大美笔下那《傍晚的浣花溪》呢？《我的咖啡店——美雅的小时光》细细品来，仿佛已溢满咖啡的浓香。《所谓真相》《别在失去上徘徊》《物业管家的故事》《今晚来瓶波尔多葡萄酒》，可带你品味平凡生活中的乐趣。在他人或许不会太经意、转瞬即逝的时光中，对那些微小而平凡的人物的记叙，可令人霎时有感而发，兴趣盎然——他们那充满生活哲理的经历，使人感触颇深，感悟良多。在《中年小白成功三部曲》《自信值千金》《关于工作坦白局》《别在失去上徘徊》《明心见性坐莲台》《宅家静思录》《倦鸟归巢》《一个主妇的美丽新世界》等的叙事中，大美宛若把女性思想的新芽在岁月的年轮中培养成参天大树，去承受变幻无穷的世事与风风雨雨的洗礼。

　　每个人的生活经历有别，但我们起初似乎都对生活报以热诚并同时掺杂了或多或少的无奈，而其实这正是我们彼此拥有相通的情怀或极易产生共鸣之处。当你观览明艳的思想画卷时，作者已然将奋斗的颜色，调成了五颜六色的笔墨，融汇于每一篇文字里。记录过去，实则怀揣着一种对生活的尊重和敬畏之心，在此我们仿佛看到了昔日的轨迹——也许其并不完美，但它可时刻提醒我们来时的艰难，使我们能够忠诚于自己，也许正因为那些经历最终成就了美好的你！诚然，每一位在平凡的生活里拥有一颗独立灵魂的女性都值得欣赏！我们真诚、勇敢地面对自己的渺小，重要的是需保持一种沉稳而良好的心态——以大美视角向外界传递大美之声，其中透视出对不公的抗争以及对美好的追求。《爸爸在时》展示了泪崩的父爱与亲情。《初心炽烈　书写战旗红》彰显了不忘初心的赤诚。《婚姻启示录》《情人就像一道白月光》，描述了婚姻、感情生活，实为女人永远都逃不过的话题——在此作者试图告诉你的箴言又是哪些？《自在飞花轻似梦》《往事不可谏　来者犹可追》，反映了作者对事业持之以恒的坚定追求。诚然，女人的事业心，使女人变得更加迷人。《高山仰止　回望东坡》《冷夜的篝火——盛唐浪子李白》应为阅读分享，而《局外人》则反映了他与这个世界不熟，冷漠至死。《包法利夫人》为一篇读后感，主要讲述了嘴炮先生与痴情少妇的爱情。追剧《唐顿庄园》是一篇

序

观后感，而电影《被解救的姜戈》亦为一篇观后感。电影《逃出绝命镇》，与读者分享了心理学的相关知识。这些文学影视艺术作品，读后将丰盈人们的精神世界。古老先贤、古今中外的传世经典之作，为人类的共同财富，亦为每个文艺爱好者值得一一细品的佳作——有机地吸取养分，为当下的自己充电，以慰藉红尘中那颗疲惫的心。

《大美的逸彩世界》，因其充满生活的底色而五彩缤纷，因其细腻的笔触而生动有趣，因其富于哲理的意涵而启人深思。

总之，《大美的逸彩世界》，不只是她的世界，也是你我的共同世界。

* 任 传 功 JAMES(CHUAN GONG)REN，生于大连，祖籍山东。现为吉林大学文学院暨新闻与传播学院教授，博士研究生导师。

任传功

目录

MULU

一、成都我为你停留/ 001

二、我的咖啡店——美雅的小时光/ 008

三、中年小白成功三部曲/ 012

四、自信值千金/ 017

五、傍晚的浣花溪/ 020

六、关于工作坦白局/ 024

七、解读商鞅/ 028

八、所谓真相/ 034

九、别在失去上徘徊/ 038

十、美雅的出租屋/ 041

十一、明心见性坐莲台/ 048

十二、爸爸在时／052

十三、初心炽热 书写战旗红／057

十四、宅家静思录／061

十五、倦鸟归巢／063

十六、一个主妇的美丽新世界／068

十七、物业管家的故事／073

十八、自在飞花轻似梦／082

十九、情人就像一道白月光／086

二十、今晚来瓶波尔多葡萄酒／091

二十一、婚姻启示录／095

二十二、往事不可谏 来者犹可追／099

二十三、五丁开出一成都／109

二十四、花雅之争与蜀派名伶魏长生／113

二十五、高山仰止 回望东坡／119

二十六、冷夜的篝火——盛唐浪子李白／127

二十七、阅读分享《局外人》他跟这个世界不熟，冷漠至死／132

目　录

二十八、《包法利夫人》读后感：嘴炮先生和痴情少妇的爱情/ 137

二十九、追剧《唐顿庄园》观后感/ 140

三十、电影《被解救的姜戈》观后感/ 147

三十一、电影《逃出绝命镇》里的心理学知识/ 150

三十二、诗酒趁年华/ 158

三十三、风物长宜放眼量/ 163

读大美的书　跟上时代的步伐/ 168

一、成都我为你停留

我们对城市会形成一种特殊的癖好，某些地方会让我们上瘾，就像成都之于我。

成都生活水平低，不多的钱即可生活得舒舒服服，成都人情愿把多余的时间拿去喝茶，摆龙门阵，也不愿意为生计再劳神费力。享受是第一位的，出门闲转，一看大街小巷，从府南河到文殊院、青羊宫、宽窄巷子等市井之地，无不坐满了喝盖碗茶的成都人。不时有些小商小贩，卖豆腐脑的，还有算命先生来来去去，有掏耳朵的、捶背的、树影倾斜下的茶客独自看手机的、打牌下棋的，还有吹牛摆龙门阵的。人们懒散的状态让人怀疑上天对这座城市宠爱过度，给了他们美好和享受的光阴。

大美的逸彩世界

一、成都我为你停留

在中国版图上，成都处在祖国的西南，被四川宠在盆地中央，没有蒸发什么，只知紧紧吸收和汇聚，富足而安逸。它周围有山岭守卫，虽然也发生过各种碰撞，却没有卷入过铺盖九州的大灾荒，也没有充当过金戈铁马的大战场。只因它十分安全，就保留着时代不衰的幽默；只因它较少刺激，就永远有着吃麻辣的嗜好。

走在成都的街头，看着这个城市的繁荣，自己在这个爱的城市里，显得那么渺小而忐忑。成都女孩说话温温柔柔，在情侣们欢快的打情骂俏间，听邻家女孩拖着长长的"an"的娇嗔尾音。

寂寞的时候，我常去人民公园闲逛。它在天府广场附近，是老成都人休闲的根据地之一，是一个免费游玩的景点。喝着盖碗茶，让身体放松，心放慢，人生苦短，元气要满！天南地北的外地游客来这基本上就在里面喝茶纳凉，还有钟水饺可以吃。

大美的逸彩世界

本地居民也喜欢来这个消费便宜的地方,围坐在一起喝茶打牌谈天说地。

公园内主要有两处茶坊,景好,富氧含量高。一个是网红茶坊鹤鸣茶社,另一个是少城茶坊。鹤鸣茶社在河边,可以看游人划船;少城茶坊在园林内,在小池荷花旁,全是木桌竹凳的简陋摆设。堂倌翻转铜壶掺起盖碗茶,也是一道好看的风景线。

公园的一隅有个小型游乐场,很多家长带着小孩来玩,一派安全欢乐的景象。

生活除了少部分时间是轰轰烈烈,大部分时间也是平平淡淡。混得好的时候,可能不会想到这座老公园来玩,想省钱的时候可以过来逛逛。她就犹

一、成都我为你停留

如老邻居一样迎接你的到来,她一直未变,还是老树成荫,一幅岁月静好的模样。

  我专门在成都租了一处住房,打算创业,也享受一下成都的烟火气。

  每天7:30就起床了,窗户敞开流通一下空气,简单洗漱一下,就开始弄早餐。与此同时,电脑打开,播放着喜欢的音乐,新的一天生活拉开序幕。

  吃完早饭,不是去买菜,就是去图书馆。因为喜欢吃新鲜的果蔬,通常我清早去买。我基本上每天都去图书馆,穿得舒适休闲,像少女时期一样素着脸坐在那阅读,悄无声息地淹没

大美的逸彩世界

在学习的人群中。

临到中午，在图书馆附近找家经常去的小店吃午餐，之后搭公交车回家睡觉。由于作息规律，我的气色看着也比之前健康很多。午觉后，我开始逛网，写几篇随笔，打理一下公众号。

下午时间是比较长的，邀约朋友去喝茶，一起逛逛城市有意思的角落，也闲聊一下彼此的近况。我喜欢有上进心和视野开阔的朋友，和他们谈论起新鲜的资讯就充满愉悦。

每个月，我会定期去美容院或健身房，让身体保持更好的状态。

虽然房子是租的，但日子可不是租的呢。每周我都会买鲜花插放在房间里，夏天浪漫的玫瑰、奢华的芍药，冬天热情的非洲菊，还有清新的桔梗。看花是为了取悦自己，好心情都是人为培养出来的，也体现了我们自身的修养。四十已过，唯愿岁月平安，享受中年女性闲情逸致的独居生活。做不到的事情，口中也不提，只有安排和计划好的现在的每天的日常。

　　大城市里的商业服务健全，依附家庭而生存的依赖感和必要性越来越小，学会自我管理，生活将更有品质。选择大城市里的独居生活其实是一种优秀的生活体验，可以锻炼自己的生存水平，最大的好处就是自由。自由选择自己的行动，没人干扰，重在体验。

　　当然，一个人的生活只是指一个特定的时间段的生活，没有人愿意整个人生充满孤独。这个时期算是人生的一种调整状态，调整到自己可以独立处理许多事情，就算是修行圆满了。

　　在成都，日子闲适而充满目标感，我没有离开它的冲动，我想我会为它停留！

二、我的咖啡店——美雅的小时光

其实我是一个没有年龄感的人，时间总会给予每个人烙印，年龄只是最浅显的一种。理想中的自己应该是更加饱满和年轻的，而不是表面看起来的眼尾纹和法令纹那么明显。我的咖啡店——美雅的小时光开启了我另外一种人生。

我的咖啡店坐落在城市的一个高档社区，在暖气十足的店里，我每天上午开始检查营业状况，店员们穿着咖啡围裙忙碌着，巴赫的钢琴曲在空间里跳动流淌。店外有川行的车流，寒冷的空气中飘着小雪。冬天总给人一种纯洁的感觉，飘零的白雪像创可贴一样令人感到安心。

我喜欢闻咖啡烘焙过程的味道，咖啡豆在机器的快速加热下从生豆变成熟豆的过程。我也喜欢欢乐的聚会，熟识的朋

二、我的咖啡店——美雅的小时光

友经常过来照顾生意，五百平方的空间充满了欧式复古的设计元素，店里的每个摆件都很有趣，充满治愈的力量和幸福感。店里空间相互通透连接又独自分开，家具和绿植用来穿插引导几个小场景。店里摆放了两个台式电脑和一台打印机，营造出一种商务休闲的感觉。

　　每到周末店里都有主题活动和抽奖。刚做完一期韩语沙龙活动，网上报名20多名会员，我请的韩语老师是一名曾经在韩国生活多年的女孩。在本期沙龙里，她带领大家一边操作韩国美食，一边教大家食材的韩语发音和韩国的日常用语。每个会员手

大美的逸彩世界

里都拿到韩语老师课前打印好的一页教案，老师用汉语标注了一些韩语发音，整场沙龙，气氛热烈，尾声时大家一起享用亲自做好的美食，并和老师合影留念。

咖啡店的大厅摆放了一张台球桌。客人可以打，店员不忙的时候也可以打。在店里我希望安定闲适的工作氛围可以给员工归属感，这样他们才会把对顾客的关怀之心，对工作的感恩通过服务表达出来。

咖啡没有心情，有心情的只是喝咖啡的人。开咖啡店不赚钱，只是一种生活方式，这是属于我的社交平台，既有工作，又不至于跟社会脱节。每月盈利偶尔持平，我都万分高兴，从

二、我的咖啡店——美雅的小时光

年轻到现在,干的生意没有一个赚到过钱,倒贴已是我的常态。我的内心总是充满丰富的情感,审视自己、审视社会,我用温暖的方式招待客人,就像招待心中的那个自己。

三、中年小白成功三部曲

分享一下我这中年小白成功的三部曲：健身、英语和穿搭。

我是典型的中年小白，年龄挺大了，不知不觉就到了明日黄花的年纪。每个妇女的自身条件不同，我走喜欢的路，吃能吃的苦，自得其乐，很有幸福感。

我保持健身的好习惯有四五年了。每周我去健身房两到三次，一般是晚饭后去，运动量适中，比较平衡，身材并没有练成前凸后翘的效果，只是体型匀称，我只想保持一个健康的身体状态。

我没有请过私教，私教偶尔从我身边过也会顺便指导我几分钟。教练们都愿意把时间花在购买私教课的会员上。评判私教，除了看脸，还看他们的体型是不是自己喜欢的类型，不帅

三、中年小白成功三部曲

的、不漂亮的基本上没有会员去买他的课。教练的聊天话术也很重要，不恰当的搭讪只会让顾客心烦，感觉受到了干扰。

每次我去健身房，换好专业的衣服后，把水杯放置在饮水区。先上跑步机，把坡度设到4度匀速行走，走15分钟就身体发热，微微出汗了，接下来又去做10分钟的拉伸，再到器械区依次练几样器械。

女生练肩臀是必修课，练出直角肩和挺拔的背后穿衣服很显气质。练臀，比较挑人。臀本身瘦小的人练不出明显的效果；臀部比较肥大的，练过一段时间就比较漂亮，浑圆挺翘。臀形漂亮的女士都穿着薄而紧身的弹力裤，勾勒出蜜桃曲线。胸部好像练不大，肩开得好，可以保持胸的紧致，改善下垂。

不徐不疾地锻炼一个小时后，健身基本上就结束了。接下来去冲澡汗蒸。汗蒸是我的爱好，每次蒸完，有种错觉，感觉

头发都变好了，身体轻松很多。然后把头发吹干，简单地抹下润肤霜，涂上唇釉，年轻的神采又回来了。

从健身房出来后，就到附近找点东西吃，补充一下体内能量。喝杯纯果汁或者酸奶，还有烤肠或者一小份沙拉，就逛回家了。

接下来聊一下学英语的心得：只有系统性的学习才能掌握这门技能。刚开始是由于兴趣的引领，就像爬坡一样，爬完一段又出现一段。起步阶段，我每天用英语软件"流利说"做一小时的口语练习，之后做"百词斩"打卡，积累词汇量是个重要的事情，单词都不认识，阅读和表达就没办法进行。进阶阶

三、中年小白成功三部曲

段就要阅读 TED,这时就提升了一个层次,算是跨进了学英语的门槛。同时每天追剧,看英文版的,一般每天看两集。

　　学习英语会耗费大量的时间,它需要一定的生活条件来支撑。特别是家务繁杂的中年妇女,学习的时候,就不想干家务了,打扫卫生,就用外包,家里的食品基本上也是半成品,方便烹饪。如果想诚心掌握英语这门技能,至少要腾出半年的时间来学习,这是件奢侈的事情。每个人都想过优质生活,掌握英语这门技能,我相信它能给我带来更好的生活。想要有更好的人生体验,应该学英语,它像全世界的普通话。学好它能给自己的生活空间多一分选择,更有机会认识更大的世界。

适合的穿搭，让40+的女士看上去得体，受人尊重。年轻时感觉不到，女人到了四十后就是跟其他同类拉开差距的时候。女人的四十五岁到五十岁这几年，"机会"这个词基本上从她们的生活字典里消失了，在这个阶段保持好状态的女人真是凤毛麟角。

日常的穿搭，反映了女人的生活状态和追求。当你不说话的时候，服装在说话；当你没有表达的时候，细节在表达。穿衣细节显示了女人良好的生活习惯和内涵，让朋友觉得你是个严谨、经济稳定的人。

属于我们这个年龄段的穿搭首先是数量上保证基础款都有。像白色、黑色、咖色这些颜色的衣服百搭又好配色。衣服的材质尽量买好的面料，不然显"穷气"。

人是环境的产物，虽然粗糙简陋一样可以活人，但是活的质量有天壤之别。我们需要足够用心，把生活过成自己期望的样子。

四、自信值千金

欣赏陈果说的：自己相信自己就是自信，不要觉得别人说我优秀才自信。真正自信的源头来自自己。当一个人真正喜欢自己的时候，才会由内而外散发出自由，散发出自信。而自信的一个别称叫作"魅力"，一个别称叫作"从容"，一个别称叫作"风情"。这些都是来自一个人真正喜欢自己才具有的性格。

其实，保持一个好的生活状态是需要个人很高的综合素质。这里所说的综合素质就是你的才华要匹配你的所得。人活着，最重要的是寻找一片属于自己的世界，这个世界别人给不了你，只有自己去争取。首先，我们要确定自己要什么？设定目标是梦想成功的第一步。目标要"大"，才会产生勇往直前的动力，小计划不能激发人的灵魂。你看自己的眼光，决定了你一生的成就。一个人从事哪一行,和是否富有没有绝对的关系。任何一种职业都可能致富,也可能穷困潦倒。成败的关键不在于工作本身,而是看你对它持有什么态度。目标必须长远,如果没有长远的目标,可能因为一时受挫而放弃。别人也许可以暂时阻挡你,但是,只有你自己可以改变你的一生。设定了目标,我们要了解自己的立足点何在,清点自己所拥有的条件,这是我们的起点。接下来要做的是找出通往目标的障碍,拟定克服这些障碍的时间表和计划。当你能认清问题时,你也做到成功的一半了。

我们要有一颗成功的灵魂。在心中"看见"自己努力的结果,预见到可喜的成果,确信自己是成功的。自信心的强弱主要取决于平常主宰你精神的思维方式。如果你想到的是失败,那么你面临的将是失败。如果你想到的是自信,并且让它成为主导作用的习惯,那么,不管你遇到什么样的困难,你都能克服它们。通过简单的思想调整,一个人能重新获得信心和力量。

四、自信值千金

在我们的心灵深处，对自己的未来发展要有一个稳定、恒久的远景目标和规划，这样，体内无形的力量就会把你推向设定的目标。

　　花开堪折直须折，莫待无花空折枝。勇敢尝试，展现自信，多给自己一些信心，也许"不可能"就变成"可能"。多元人生，不要设限，让天赋尽情释放，让热爱自由生长。

019

五、傍晚的浣花溪

已进入夏至,天气炎热,晒得水泥地面仿佛在冒烟,所以散步的最佳时间就是傍晚去浣花溪。

晚风徐来,举目四顾,傍晚的浣花溪呈现出一幅岁月静好的画面。走上诗歌大道,道旁李清照的白色大理石雕像很显眼。想起这位浪漫少妇的诗:"昨夜雨疏风骤,浓睡不消残酒。试问卷帘人,却道海棠依旧。知否,知否?应是红肥绿瘦。"清照酒醒后的惆怅,谁解她的寸心豪情呢?

园中曲径悠悠,清风绕翠玉。眼前的美景让我忆起她的另一首诗:"常记溪亭日暮,沉醉不知归路。兴尽晚回舟,误入藕花深处。争渡,争渡,惊起一滩鸥鹭。"

园区里还有诗人杜甫的雕像。杜甫四十九岁时旅居浣花溪,

五、傍晚的浣花溪

在朋友裴冕的帮助下在浣花溪畔建了几间茅屋居住。另一个朋友严武给他推荐了一份工作,担任检校工部员外郎,所以后人才称杜甫为杜工部。四年后,严武去世,杜甫失去依靠,离开成都,又开始了颠沛流离的生活,五十九岁客死湖南。杜甫写的悲情诗太多了,他一生的写照犹如他的诗:飘飘何所似,天

地一沙鸥。

我还是喜欢他带着喜悦情绪的诗,这份快乐跟浣花溪有关:"黄四娘家花满蹊,千朵万朵压枝低。留连戏蝶时时舞,自在娇莺恰恰啼。"

还有一位跟浣花溪相关的才女:薛涛。她隐居浣花溪二十年,制作了浣花笺。她用红色彩笺写了首情诗寄予情郎元稹:"风花日将老,佳期犹渺渺,不结同心人,空结同心草。"多傻的美人啊!冉冉织就的华章终被辜负,她以为的天长地久,不过是人家看来的露水情缘。

五、傍晚的浣花溪

薛涛的一生应和了八岁时与父亲对的诗:"枝迎南北鸟,叶送往来风。"薛涛写了首著名的《十离诗》,借物喻人,最终靠才情打动上司韦皋,免除了她乐妓之身,以民女身份栖居在浣花溪。

来到游乐园,在傍晚的路灯下,人们在跳锅庄,我跑远的思绪被拉回,不再为诗人的命运而伤怀了,看着热闹起舞的人们,生活回归简单,朴素平凡的日子让人心安。幸福是种能力,它不是终点也不是过程,在不如意的时候要加强自身修养,在逆境中斗智斗勇。

六、关于工作坦白局

这段时间接了一个兼职,每天披着晨曦,去一个不大的院子里上班,有漂亮的办公室,有服务人员,有两顿不错的工作餐。认识我的人,基本上就是这院子里的人吧。

政务外包岗位在越来越多的党政机关里盛行,这种工作模式也代表着专业和高效。能得到政务外包岗位的 offer,首先是你的专业能力是被甲方认可的;你能待多久,取决于你跟同事的气场合不合,工作上能不能配合好。

一份好的工作,让人终身受益。执笔谋生数年来,日子反而过得不累了。文化它是附属品,需要附着到实体上才能产生价值和意义,这个实体就是愿意为你的文笔付费的个人或机构。

六、关于工作坦白局

工作分为日常工作、项目工作和临时工作。对于项目工作要对照计划，检查疏漏，关注完成进度。通过项目工作，我们总结学习了哪些新东西，有什么失误需要避免和改进，哪些工作可以分享？对于临时性的工作要看谁安排的，我交付了什么结果，后续还有啥安排？我们经常要思考手上的工作是否可以量化，需要谁来配合？

找工作要看两点：一是看赛道。赛道就是行业前景，生存发展的容易度。二是看老板。看他的人脉、专业，还有你是否能获得他的赏识。接下来，我们要谈薪酬结构：起薪很重要。

选择一份适合自己的工作，会让我们越来越自信。

一个好的工作氛围，是值得珍惜的。职场上的每个人都需要帮助，好的团队同事之间都会相互帮助和支持。然后看我们

大美的逸彩世界

在做自己岗位工作时是否有一定的自主权，公司是否允许个人有一定的犯错空间。有这种特点的公司，才有探索和创新精神，才能够让员工在错误中得到成长。最后就是看个人的成长空间，是否有机会学习新的技能，获得好的薪酬待遇和专业能力的提升。

当我们因为工作量太大影响身体健康的时候；当我们遭遇职场霸凌，遇到烂人烂事需要及时止损，及时抽身的时候；当我们体现不了价值感，没有职位和薪水上的提升的时候，就临近到辞职的时候了。

如果已经辞职了，也不用急着找新工作，而是给自己一段时间和自己对话，明白自己真正想要的是什么，为此可以舍弃什么？未来需

六、关于工作坦白局

要如何达成。

  换工作前要预留个人半年到一年的花销，准备好这个存款金额，然后就去做自己想做的事情。不要断了自己已有的关系，你花了好多年建立的关系网，为什么要毁了它？这个世界很小，你会再见到那些人，或许是在最不合适的时间里。过去职业生涯学到的东西非常有可能在新工作中用得到。无论你在哪个行业，都会遇到讨厌的人，没有人能完全避免。

  调节好工作情绪，让我们为每一个小目标而努力！每天都精力充沛，对手上正在处理的事充满激情，成为阳光且靠谱的人。

七、解读商鞅

商鞅的出身是卫国的贵族，又叫卫鞅或者公孙鞅。商鞅主攻法学，满腹法家经纶，强兵固国之策，主张以法治国。他在卫国不受重用。

当时秦孝公发求贤令言："宾客群臣能有出奇计强秦者，吾且尊官，与之分土。"

商鞅听说了秦国的求贤令，遂到秦国求发展，通过秦孝公的宠臣景监觐见了秦孝公。第一次交流并不顺利，秦孝公评价卫鞅：妄人耳，安足用邪！第二次，景监又一次把他带到了秦孝公跟前论道，空谈了半天，又没有受到任用，第二次觐见也失败了。但是商鞅没有放弃，争取到第三次机会见到秦孝公，这次秦孝公虽然对他的观点有所认同，但还是没有任用他。第

七、解读商鞅

四次,景监再次举荐了商鞅。这次商鞅拿出具体的改革方案《治秦九论》,成功打动了秦孝公终于上位。

其一《田论》,立定废井田、开阡陌、田得买卖之法令。其二《赋税论》,抛弃贡物无定数的旧税制,使农按田亩、工按作坊、商按交易纳税之新法。如此则民富国亦富。其三《农爵论》,农人力耕致富并多缴粮税者,可获国家爵位。此举将真正激发农人勤奋耕耘,为根本的聚粮之道。其四《军功论》,凡战阵斩首者,以斩获首级数目赐爵。使国人皆以从军杀敌为荣耀,举国皆兵,士卒奋勇,伤残无忧,

何患无战胜之功？其五《郡县论》，将秦国旧世族的自治封地一律取缔，设郡县两级官府，直辖于国府之下，使全国治权一统，如臂使指。其六《连坐论》，县下设里、村、甲三级小吏。民以十户为一甲，一人犯罪，十户连坐，使民众怯于私斗犯罪而勇于公战立功。其七《度量衡论》，将秦国所行之长度、重量、容器一体统一，由国府制作标准校正，杜绝商贾与奸恶吏员对庶民的盘剥。其八《官制论》，限定各级官府官吏定员与治权，杜绝政出私门。其九《齐俗论》，强制取缔山野之民的愚蛮风习，譬如寒食、举家同眠、妻妾人殉，等等。

商鞅四次见秦孝公，分别讲了帝道、王道和霸道。其主要内容是帝道行无为之道，王道行教化之道，霸道行的是强权胁迫的统治手段，打动秦孝公的是霸道。

自此君臣同心，秦国轰轰烈烈的变法图强运动拉开序幕。

商鞅与秦孝公合作了十多年，秦国从一个方圆五十里的西北小国走上了富国强兵之路，商鞅居功至伟。秦孝公是一个优秀的高情商政治家，商鞅才华出众，是一个杰出的改革家。商鞅是变法者，秦孝公是护法人，两人合作相得益彰。

秦孝公分封商鞅为大良造。赐赏他十五个邑，号商君。此时商鞅的名字才从卫国的公孙鞅改为商鞅，他本来姬姓公孙。商鞅在秦国的地位是一人之下，万人之上，权倾朝野。封地不到两年，秦孝公病逝。秦孝公死前想传位给商鞅，商鞅拒绝，可见秦孝公对商鞅是多么推心置腹。

商鞅名言："愚者暗于成事，知者见于未萌。民不可与虑始，而可与乐成。郭偃之法曰:'论至德者不和于俗,成大功者不谋于众'。"意思是愚笨的人在办成事情之后还不明白,有智慧的人对那些还没有显露萌芽的事情就能先预测到,不可以同百姓讨论开始创新,但可以同他们一起欢庆事业的成功。郭偃的法书上说:讲究崇高道德的人,不去附和那些世俗的偏见。成就大事业的人不去同民众商量。

秦孝公的儿子秦惠文王即位后,商鞅成为他最大的对手。当时秦国已国家富强,百姓安乐,老百姓把这个功劳都归功于商鞅,秦惠文王此时是没有名望的,商鞅已经是功高震主。秦惠文王上台后以谋反的罪名杀害了商鞅,尸首车裂,族灭其家。后来以商鞅造反查无实证,以诬陷之罪杀了公子虔和公孙贾。被处死的两位大臣是秦惠文王的老师。先前公子虔因为代替嬴驷受处罚被商鞅割掉了鼻子;另一个老师公孙贾脸上被刺字,这为以后他们报复商鞅埋下了定时炸弹。

之后秦惠文王重用了张仪,连横六国,各个击破,取得巨大胜利,为秦王嬴政扫灭六国创造了有利的条件。后嬴驷改公称王,成为秦国第一王。

商鞅这么一个有政治才华的能人,能安排好天下事,却没有安排好自己的结局。

商鞅之死,秦人不怜。为什么呢?因为他以百姓为刍狗,逆天而行。从他和门客所著的《商君书》可见一斑,商君是因商鞅获封商十五邑而得的名号。

《商君书》是有名的天下第一禁书,系统地记录了商鞅的变法内容和主要思想。在封建王朝里,《商君书》一直是太傅教太子的教材,只有历代君王和准君王才能读到。这是一本政治实操的手册,是站在统治者的立场上来制服民众。

商鞅统治人民不允许百姓有余钱,禁止粮食贸易。米由国家统一收购,价钱基本上是成本价"訾粟而税",就是根据粮食的产量来收取田税。无论灾年还是丰年,平民就一直处在温饱线上,所以平民只有勤勤恳恳种田而不敢有其他想法。还有"一山泽",把山川湖泽等自然资源收归国有,变成政府资源。还有户籍制度:禁止百姓擅自迁居,"民无得擅徙"。

那么百姓要改变阶级地位,改变生活质量靠什么呢?商鞅给了一条路就是作战,国家对人民统一的奖赏是战功,而且严禁私斗。秦国的三军指:壮男为一军,壮女为一军,男女之老弱者为一军。壮年男子组成的军队,让他们吃饱饭,磨好武器,排开来等待敌人的到来;壮年女子组成的军队,让她们吃饱饭,背上装土用的笼子,排列开来等待上级的命令,敌军到了,就让她们用土堆成难以通过的障碍,挖好陷阱,毁坏桥梁,拆除房屋,如果来得及运走,就把拆下的东西运走,如果来不及就将这些东西烧掉,使敌人无法得到用来帮助攻城的东西。年老体弱者组成的军队,让他们去放牧牛、马、羊、猪,将草木中它们能吃的收集到一起喂养它们,以便获得壮年男女军队的食物。要谨慎地让三支军队不要互相往来。《商君书·十九》载秦军作战:"五人为伍,一人逃而斩其四人;五人一屯长,百人一将。其战,百将、屯长不得首,斩;得三十三首以上,盈论,

七、解读商鞅

百将、屯长皆赐爵一级。"这句话意思是说,"百将、屯长在作战时如果得不到敌人首级,是要杀头的;如果得到敌人三十三颗首级以上,就算满了朝廷规定的数目,可以升爵一级。这是赤裸裸的人头奖励政策,杀人者多就是英雄的价值观,彻底将秦军打造成了虎狼之师。

商鞅变法的秦国,推行法治,在秦国内形成专心从事农耕和作战的风气。无论贵族还是老百姓,都要依靠军功和耕种才能获得封爵和俸禄。商鞅要的人民只有一种就是耕战之民,就是平时耕田、战时攻敌的人民。

商鞅全面地调动、垄断、控制社会资源,使社会结构单一化、垂直化。在这本书里,商鞅对人性的了解很透彻:"辱则贵爵,弱则尊官,贫则重赏。"你只有在屈辱之中,才会想要尊严,才会看重爵位;你只有没权利,才会尊重官员;你只有穷,才会看重国家的赏赐。《商君书》把权力的作用发挥得淋漓尽致,至于民众所受的创伤和意愿、所付出的代价完全忽略不计。

商鞅的思想影响了封建王朝二千多年,《商君书》作为历朝君主的治国宝典,披了儒家外衣,实施法家驭民之术,刻薄寡恩,丧失民心。从历史的长河看,商鞅为秦国统一中国奠定了基础,他也实现了政治抱负;从个人看,他是个悲剧,最终死在自己撰写的制度上,"作法自毙"这个成语故事就是由此而来。

八、所谓真相

事情的真相有时并不重要,重要的是这事能不能被利用!有时候发生的事,听说的人怎么说,怎么来利用这个事,来达到自己的欲望。告诉别人真相有一半的心理是善,另一半是恶。重点在于把什么样的真相,在什么时候、以什么方式、告诉什么样的人,这才是决定善恶的根本。

努尔哈赤临死前,下令最受他宠爱的妃子阿巴亥殉葬。按当时清朝的祖制规定,皇上的女人如果有小孩还未成年,就不能殉葬,得给皇上养育孩子。阿巴亥给努尔哈赤生了三个儿子,其中两个未成年,她不该被殉葬。但是怎么会发生这样的事情呢?原因是努尔哈赤的两个妃子向他告密,说在大王出征后,阿巴亥给他的两个儿子送过点心,一个是皇太极,一个是代善。

八、所谓真相

但是皇太极把点心原封不动地退回来了,代善说好吃。这番话说得好似阿巴亥和代善有私通关系一样。结果是阿巴亥被殉葬了,那两个告密的妃子也被跟着殉葬了。分析这个事,谁是最大的受益者呢?是皇太极,因为告密的内容里面说皇太极没吃点心,所以最大的可能是皇太极一手策划的。当一件事发生时,我们要排除利害关系,是谁在操纵?阿巴亥是多尔衮的母亲,母亲犯事,肯定会牵连到他儿子。在利益争斗中,一些无伤原则的小事会成为别有用心之人诋毁对手的武器。

真相重不重要呢?其实我们每个人都憎恨被欺骗。真相的对立面就是假象,有时假象又能有多大的后患呢?还是要分什么事情。但很少有人会思考,真相被说出来时,并不是表面那么简单,说出真相的背景,诉说者的心理诉求还有她的思维逻辑,在了解了这些之后,当事者再来做一些合理的应对,看似跟你有关系,其实被别人当枪使。

在生活中,我们也许会遇到这样的人,她热心于某人的事,三番五次地有意无意地提到某个朋友的一些"趣事",仿佛言者无心的样子,结果是吃瓜群众自己得出结论:某某人太恶心了的结论。当我们遇到非议别人的话题时,先别忙着站队和发表观点,除非你很浅薄。任何事放到桌面上要经得起推敲,要有自己的推理逻辑,不能啥情况都没搞清楚跟着人云亦云。

在职场上这种混淆是非的人最多。在竞争当中,工作业务上挑不到别人的毛病了,就挑别人的作风问题。之前有个女同事,业务能力优秀,有个别人就说她坏话:"她当然厉害哟,说服客户有必杀技。"结果这个女生在莫名的流言中被扣了个作风不正的帽子。后来这个女生又被人举报业务贪污,一些人等着看好戏,结果又是一场乌龙闹剧。因为这个女生到业务单位开了张证明,证明上写着款项清楚、业务流程清楚,没有任何不当行为,业务单位还盖了公章。后来这个女生主动辞职了,伤害她的人还是老样子,领着饿不死也撑不着的工资,而她去了更好的地方,做了更多精彩的事。有时候所谓的真相给人巨大的杀伤力,一般是结局对谁有利,谁就是幕后的策划者。

路遥知马力,日久见人心。一个人要经过很多成功的案例才能改观别人对他的误解。小人嘴里的谗言要经过很长时间，才能潮水退去，将真相裸露在沙滩上。

平日里要多读历史，"读史可以明鉴，知古可以鉴今"，历史的长河里发生过太多类似的事情，也有很多应对方法供我们借鉴。

九、别在失去上徘徊

有些人曾经有令人艳羡的事业,也有特别珍惜的友谊。因为一时急功近利才一败涂地。当负债累累时,一切都已覆水难收,日子过得沉重灰暗。此时再说抱歉的话,都是别人眼里信口雌黄的表演,悔恨的泪流得再多,也挽回不了造成的损失。当我们知道,世界上所有人都对

九、别在失去上徘徊

你避而远之的时候,已经没有神来拯救你,仅剩下唯一的一条路:成为自己的神,成为自己梦想的造物主!

这是一篇为失败者,为一无所有者写的文章。失败的故事千篇一律,不一样的是面对失败的态度。失败带来的损失不只是你的房、你的车被弄丢了,最重要的是一颗热情的心在奋斗挣扎的过程中被贫穷艰难的生活吞噬了,而此刻的你已青春不再,在残酷的打击中显得越发苍老。连绵的阴雨浇灭了斗志,想起曾经拥有的一切,仿佛一场梦。在每个夜深人静时反思过去,但在白天,人前人后,你不堪压力。

当向朋友倾诉苦水时,这就是你失去朋友的开始,百分之九十,你不会得到任何经济上的帮助和精神上的慰藉,或许对方暗自庆幸:"哎哟,这个烂人,幸好我防了他一手。"

现在的你是不名一文,你需要高度的克制心,变成一个表面正常的人。保持平静,就是在保护自己。承认现实,把已经无法改变的错误视为昨天经营人生的坏账损失和沉没成本。面对过去的伤害,选择性失忆,想要爬起来,就要像从未受过伤一样。应付不了的事搁一边,付不了的钱搁一边,所有的爱恨

大美的遮彩世界

搁一边，背负太沉重了，人就站不起来！

失去的东西本来就不属于你，因为你还没有承载好东西的底蕴和基础。失去说明你还缺一些东西；失败可以激发你深藏内心的巨大能量。如果没有障碍和缺陷的刺激，很多人只能挖掘自己 20% 的才能，正是有了这种强烈的刺激，另外 80% 的才能得以发挥。

失败并不意味着你一事无成——失败表明你得到了经验。

失败并不意味着你不能成功——失败表明你也许要改变一下方法。

失败并不意味着命运对你不公——失败表明命运还有更好的给予。

别在失去上徘徊，忘记沉没成本，在日升日落中，在一蔬一饭中调养好自己的身体，假以时日，东山再起！

十、美雅的出租屋

美雅一早起来，给孩子弄了早饭，在手机上抢了一个火锅优惠券，顿时今天的生活有个小确幸。然后换好衣服到楼下超市买了电池回来安到热水器上，出热水了，这是个小胜利。屋里的东西基本上都快报废了，时不时出故障。本来美雅早上起来洗漱时因为没有热水而郁闷，盘算着叫修理师傅上门又要多花钱。热水器这下能用了，美雅的心情也顺了。

美雅的出租屋在一个老小区的六楼，只因租金便宜，采光好便把它租了下来。美雅花了大力气把房间做了些改造，墙上贴了壁纸，窗台上种了七八盆植物，安了落地窗帘，收拾了一套可以在这个城市落脚的房子。

美雅在这套房间里度过了在成都的第一个冬天，由于天气

大美的逸彩世界

十、美雅的出租屋

寒冷,屋内没有空调,美雅买了一组插电的水暖气片,才过好了一个正常的冬天。她从小怕冷,也是湿寒体质,没买暖气时,白天只能缩在床上被窝里取暖,于是省吃俭用买了这个暖气。有几次美雅想到外面吃饭,改善一下伙食,结果转了两条街决定吃一碗砂锅米线。

穷困磨损了美雅的心智。美雅在破沙发上坐了半天,渴望去办张健身卡。目前还没有这个预算,有限的钱只能先保证吃饭,只能在社区散步和在家做下舒展运动。

拮据的生活让美雅有些抑郁。平时傍晚饭后,美雅习惯出门散步。每次经过门卫老头的屋子,美雅尽量不看他,这老头几乎天天喝酒,经常喝醉,坐在破椅子上骂骂咧咧,口吐脏言。瘦弱的四肢一看就常年缺乏体育运动,美雅心想这老头是怎么当上门卫的?如果没有这份卑微的工作,估计也不会有其他活路。他的妻子,一个比他胖两倍的女人,整天忙碌着,吃力地挪动着磨盘大的腰,小腿总是浮肿着。胖女人每天收拾着丢弃在大门口的快递纸箱,卖给收破烂的换点零花钱。她空闲时也坐在大门口跟其他捡破烂的老太婆们唠着闲话,每天到饭点,她就在门卫处架着铁锅炒菜,招呼着过往的居民。

美雅的单元楼里住着一个小贩,年龄五十多岁的样子,头发花白,每天晌午过后会出摊卖炸土豆条。每天他把那辆谋生的三轮车推到单元门口清洗打理,摆上各色调料和食材。单元门口的水泥地上经常被他的小摊车弄得油乎乎的。美雅也买过他的土豆条,味道还不错。有麻辣味的、糖醋的、酸辣味的,还配搭着炸蘑菇和其他蔬菜。每次他都给美雅大大的一份，但是美雅与他从未打过招呼。

院子里没有物业，住户只缴纳垃圾费，小区每天看着脏兮兮的。

这个小区只有两栋楼，院子里还有一个游荡的疯女人，经常扯着大嗓门对着空气高声叫骂，情绪激动时挥舞着手臂。她不攻击人，也不到处跑，只在小区待着。疯女人每天穿着旧衣破裤，她在院子里的家人，也就是每天管她吃口饭。疯女人平时没人管她，她发病时站在院子里自顾自地骂累了，就开始在树荫下或者边角落里站着发呆。

美雅的穷日子还算过得有滋有味。微小的幸福感都可以让美雅感觉到生活的格外美好！一楼住户的窗台种了好几盆鲜艳的花，花枝茂盛都伸出了翻护栏，每次经过美雅的心情都灿烂一下。

成都炎热的夏天到了，知了热的整天叫。偶尔美雅坐在街边路边摊，喝着冰镇的啤酒撸串，生活那么苦，偶尔香辣一下，偶尔微醺一下，释放压力，苦中作乐。在寂寞的房间，美雅每天朗读英语，朗读诗歌。楼下有户人家，一个老妇女经常弹奏钢琴，在这破旧的贫民区如此的闲情逸致让人觉得好笑，高雅的爱好和追求在贫穷简陋的环境中显得那么格格不入。美雅在心里笑她，或许美雅笑的是她自己。

美雅每天都收拾得利利索索的出门，还是保持着喝咖啡喝下午茶的习惯，坐在普通的茶馆里喝杯茉莉花茶，新鲜的茶叶

十、美雅的出租屋

和着白色的花瓣在沸水的冲泡下舒展开，心情也短暂地舒展了一下午。

夏天雷雨多，耗子尤其多，每当夜半三更时，耗子在厨房和客厅窜动。美雅因为鼠患快抑郁了，房间破旧可以收拾好，但是耗子成灾太恶心，美雅在这套房子住了一年多，粘鼠板也粘了三十多只耗子。

穷人的生存方式，美雅把握得力不从心。每天晚上她穷得睡不着，到处想出路。成都的大雨连续下了一周，每天从早上下到晚上，美雅家的厨房漏雨了，这是六楼，其实楼有八层，楼体破旧。窗外有雨棚，雨水还是像小溪一样顺着玻璃窗往下流淌。美雅翻看手机上的新闻，暴雨已造成城市灾害，雨水淹了城市许多地方。有人在暴雨中失联，时间未到晚上，但天气暗黑，路灯都亮着。由于暴雨的影响，美雅屋子里的老鼠越发多了，美雅每晚几乎都失眠，一是害怕老鼠，一是担心入不敷出。

在收入微薄的眼下，再怎么精打细算钱也不够花，节约除了把人整成神经病外，已看不到任何好处。

面对穷还是要拿出点专业态度来。

美雅意识到在忧虑中消耗自己没有意义，求人没有意义，有那精神不如到咖啡店点杯咖啡放松一下，捋清思路，把自己的生活规划一下。

人总是对陌生未知的境遇有种恐惧感。不想离开熟悉的地方，也不想离开熟悉的人。心的外面有风浪也有风景，对于风

十、美雅的出租屋

浪的恐惧使精神在虚无中沉沦。

想通了这些,美雅变卖了自己值钱的首饰,决定搬离这个出租屋。要换生活环境再尝试一下,给自己一个机会,她每天需要看见正常的人,积极的生活。突破困境先从改变生存环境做起。

人生的齿轮在转动,生活不会开口教你怎么做,但会逼着你往前走。人生在一次次伤害、改正、突破的过程中,终于走上了属于自己的路。

十一、明心见性坐莲台

莲花处静默之中,传递性灵之美。人处静听之间,方得明理之慧。"气灵生万物,复于静处作,此静如癸水,清静可显影。笃静易明心,安神生慧意,如一可易体,我无化元灵。"

(见《元灵经》二)

莲,生于污,出于洁。花开呈娇艳之色,不言而自成蹊。是什么原因呢?都是因为不旁于他听他信,自己有独立的主张。

明心见性坐莲台,就像坐在暴风雨中的岩石,一切尽在掌控之中,我自屹立不动。"坐获幽林赏,端居无俗情",这是朱熹笔下的清净。"凡所有相,皆是虚妄"这是佛祖对世人的忠告。

十一、明心见性坐莲台

"采菊东篱下,悠然见南山"是陶渊明笔下背对苍山落日时对人生的豁达。一曲"归去来兮辞"后的人生,他不再费心想得那几两俸禄,也不再想经历那些动荡,归隐后的他什么也没有,唯有南山,唯有皓月,唯有内心的平静。此后每一个清晨,都听见鸟语,风来作诗,雾来作画,凿井而饮,耕田而食,帝力

大美的逸彩世界

于我何有哉！

　　人，生于众，而长于众。得众方生，失众而寡。生存于自在之中，有自在之体，自知之明，自见之信。构成完整体系，形成浑圆之光，闪耀于群体之中。如自体污浊，其光必暗，自体干净，其光必明。因此，修养身心极为重要。

　　不以物喜，不以己悲，人跟人的区别不在物质，不在表象，最大的区别就是心境。自古有大智慧者都甘于过平淡朴素的生活，是因为他们知道今世人虽备百物，却堆陈无章，便落市井之俗，虽有广厦，而心存浊虑，便生窘迫之相。

十一、明心见性坐莲台

人成于社会,长于社会,融于社会。与同事相处,互帮互助,谦虚谨慎。与家人相处,和谐交融,不计得失。与朋友相处,推心置腹,相互提携。与恶人相处,劝其归善,或避而远之。并非静于处子,脱离现实,孤寂一身,独来独往。关键是自己得心境。心中静,处事必冷静,就不会逾越自我,做非分之举。

参透红尘喜乐忧,可得清旷之致,在清净中远离浮华,在平淡中超脱世俗。纵然身处斗室,亦无俗情。身闲意定,先止后观,得半日之闲,养平静之心,素心清居,明心见性坐莲台,追逐内心平静的田野。

十二、爸爸在时

今天是父亲节,我没有心酸的故事要讲,听着筷子兄弟唱的《父亲》,家中往事历历在目,回忆起父亲和我的点点滴滴,只是在心中轻声对自己说:"一定要幸福哦!因为爸爸会保佑我的。"

有一年,我从外地回西宁的家。妈妈说昨晚做了个梦,梦到爸爸托梦给她,说丫头回来了。以往回家,我一般没有习惯提前跟妈妈说,而是到达当天才打电话说我要到家了。妈妈和哥哥大概早已习惯了我的这个做派,也没有什么不适感。在我四十二岁之前,我的内心一直有种漂泊感,生活的不确定因素太多,没有办法从内心安稳下来。许多次,午夜梦回,我梦到的是我出生成长的部队大院,每次在梦里我都记不清哪幢几单

十二、爸爸在时

元是我的家。类似的梦做过多次，记忆深处找不到家在哪里。

从小到大，我都是个勇敢的女孩，敢于尝试新的生活，但是心里始终没有家的归属感。现在，我明白了，小时候，当父亲在的时候，是有家的，心里也有家，家像一个港湾，可以停靠，非常安全。父亲一辈子只是一个普通的工人，但是简陋的家里，只要他在，他就是能遮风挡雨的屋顶；父亲微薄的薪水养活了一家人，有父亲在的时候，不用担心没饭吃和饿肚子，即使有个穷爸爸，我的心也不慌，我想女孩的安全感是来自于父亲的。

从小时候到成年，这种情感无法替代。有爸爸爱的女孩，会更容易接受爱人的爱，和朋友的爱，因为内心笃定的女孩和缺乏安全感、患得患失的女孩相比较，相信爱、获得爱的能力是不一样的。

有次在业务单位饭局上，偶遇了爸爸的两位战友。两位叔叔晚饭后送我回家。从吃饭到回家路上的整个过程，我能深深地感觉到"积善之家，必有余庆"的意义。"老韩家的丫头"是这次饭局贯穿始终的声音，两位叔叔在陪我回家的路上走了半个小时，句句都是关心的话语，从生活上到工作上询问我的状况。我们没有打车，因为打车很快就到了，都想多聊一会。我给叔叔说了最近我在负责单位的一个品牌招商活动，要到工商局盖一个联合主办的章，已经被工商局拒绝过了。叔叔说了，过两天你再去找某某，我给他提前说下情况。

爸爸是个老好人的名声带给我长辈们的爱护和关照，我心

里就想：我有一个好爸爸！我想在以后的人生中，无论遭遇什么，都要把良好的家教和正直的心态带给周围的人。

在以后的生活中，租房退租时，我都会把房间收拾整洁，费用清算及时；跟朋友分手时，也是淡然有礼有节，或许在一起的时候，不见得很好，分手时一定是见人品的时候。爸爸重病治疗时，他的单位给他用最好的药，爸爸去世时，他的领导全程扶灵祭奠，爸爸只是一个普通职工，他的领导觉得爸爸的

十二、爸爸在时

一生工作太辛苦了，因为爸爸的工作量是他们汽车班里最多的一个，任劳任怨。人们对他最多的评价就是：老韩是个老实人！由于爸爸良好的口碑，爸爸的单位把哥哥从一个效益很差的量具厂调到部队后勤岗位，重新安排了工作，这个安排使哥哥的生活安稳地过了二十年。哥哥也人到中年，也成家立业很多年，每当回忆起父亲时，都觉得父亲这辈子不容易。

父亲在时，我们家的业余爱好，就是晚饭出门散步。沿着高原的土路，路的两边挺立着笔直的小白杨，我们沿着黄水河走到山上的植物园。爸爸喜欢做的拿手菜是爆炒猪肝，他喜欢给我买的衣服

是运动服和花裙子。现在回想起少年时的生活,觉得有爸爸在时,真好!

  我也是人到中年,也经历了风风雨雨。当我顺的时候,我会想到爸爸一生的不容易;当我困难的时候,我会想爸爸的在天之灵一定会保佑我的。

十三、初心炽热　书写战旗红

十三、初心炽热 书写战旗红

一个偶然的机会，我在地方上的一个退役军人事务局做了半个月的志愿服务者，于是我老想起西宁部队大院的事情，回忆历历在目，那是我的童年和少女时期的故事了，决定用笔记录一下。

我和妈妈和哥哥都是属于部队的随军家属，我在部队大院里从出生到长大住了二十年。后来因为工作和婚姻的关系我到了成都，哥哥仍然在部队后勤工作，爸爸在我十九岁的时候，因为工作劳累病故，葬在了西山烈士陵园。

少年时在一起玩耍的小伙伴多数是军人，跟我年龄相仿。爸爸只送了哥哥去当兵，而我是靠社会养活的自由职业者。记忆里的大院画风很空旷，日子过得很单调，因为父母都很忙，

大美的遗彩世界

没时间照管我们,我就是那放羊式长大的孩子。

在青藏高原,生活环境艰苦,部队的院子里有两句标语特别醒目,一句是:为人民服务!另一句是:特别能吃苦,特别能战斗,特别能奉献。

爸爸所在的部队,旁边是农村,有大片的农田。每次下完雨，我和爸爸、妈妈会去采蘑菇，改善一下生活。父母的厨艺很好，炒的菜很好吃，就是经常不够吃。爸爸是从四川农村出去当的兵，妈妈没有工作，老家的奶奶是每个月需要寄生活费的，爸爸一个人的工资负担一大家子人开销，小时候我的家境是拮据的。我在少女时期很瘦，瘦得像一枝小麦秆，脸色也黄黄的，经常因为低血糖而出现发虚汗和快晕倒的状况。即使这样，在当时来说，部队的生活条件算是人们眼里仍是生活条件好的地方了。

爸爸的一生是服从命令、服从组织安排的一生。平时家属院的娱乐活动就是去看电影，大院里有个平时开会用的礼堂，也用来放映电影，看电影是属于发通知的集体活动。还有就是每年到了冬天给每家发羊肉的事情，也是值得高兴庆祝的，这当然也属于集体活动。住在部队大院，集体就是家，单位就是家，都是统一的行动，连玩耍都是带有统一的色彩。每天清晨的起床号嘀嗒地吹响的时候，大人小孩各就各位，上班的上班，上学的上学，一切都十分熟练地进行着。由于在部队大院的成长经历，我从小时候，开始上学的年纪，就具有独立的意识：吃饭，上学，重要事情的选择都是自己的事情，包括结婚。

我现在性格中有一个很明显的特点就是对人对事表现出：相信和信任。其实是一个词吧！在我成人后的人生道路上，我去的哪家单位上班，或者结交的哪个朋友，我都不自觉地把他们当成家和家人。领导同事经常把我吃没吃饭，有没钱花，最近在想啥，都纳入了他们的日常考虑的范围，这种事情不是发生了偶尔一次，而是一直贯穿了我整个的职业生涯。

有些东西是深入灵魂的，当我在翻看着部队英豪故事的时候，我想昔日重现时，他们一样会是这般的选择。这种选择，我理解的就是忠诚和奉献。忠诚就是任何情况下情感归属的原则，奉献就是任何不利情况下，抛开自我的第一选择。里面没有利不利的考量，只有必须这么做的信念！

我不由得哼唱《祖国不会忘记》这首歌来：在茫茫的人海里我是哪一个，在奔腾的浪花里我是哪一朵，在征服宇宙的大军里，那默默奉献的就是我。在辉煌事业的长河里，那永远奔腾的就是我……

十四、宅家静思录

居家防疫的日子，所有居民不能随意出入小区和下楼逗留，没有解封的日子基本上所有的人都待在家里。宅在家里的这段日子，不用去上班，但是仍需要工作的。疫情对于我这样的网络撰稿人来说影响不大。

在家宅久了就心慌，因为日子过得没意思。日复一日、一成不变的日子过久了，感觉人都老了。我的工作是写公众号，所以不需要频繁的社交活动，但需要不断地丰富自己的知识结构，当素材枯竭时，就不知道发稿发什么。想了想还是做三期视频稿件，英语朗读乔布斯的三个故事。这个视频号可以影响我微信上的读者朋友，可以与他们做个交流和互动。阅读分享这件事太强的功利心肯定做不好，在这个特殊时期，沉淀一下

自己的学习成果也是个不错的选择。

在生活上,我每天操持家人的一日三餐。让他们身体健康,心情愉悦地生活,这也是我的小乐趣。当女孩老了,成为女人,就想去寻找一条安静明亮的道路。写作对我的人生来说,是个修复,修复了我的种种遗憾。我的文字和视频分享,表达我看到的、理解到的世界,平凡的生活也值得说说!想自然处于万物之中,想自然处于俗世里,所有的悲伤喜乐有它存在的意义。

生活啊,从来都不是件容易的事。所有的欲望从心起,从心灭。遇过的人,见过的事,一个好梦,令人沉迷。想那么多,又何必去压抑?

十五、倦鸟归巢

最幸福的生活就是带薪休假的生活。

今年 2023 年，特别感慨，对于挣钱，我很随性。所以能挣的钱就挣，别人的富贵属于他强任他强，清风拂山岗。

过去几年，有点辛苦，所以想空出一年的时间来，倦鸟归巢，享受人生。

我喜欢养生，比如泡澡。

家附近有家汤泉中心，是裸泡的池子，每月我都会去泡一次，活络一下全身的血脉。

不同池子里的水温不一样。一般我先去中温池浸泡十多分钟才换入高温池。高温池的水温是 42 度，有点烫。池子里的热水咕嘟咕嘟冒着雾气，水温是恒定的，所以不必担心烫伤身

大美的逸彩世界

体。在高温池多泡一会就有点眩晕了，更换低温池泡一会儿。低温池是几个独立的石缸，龙头吐水冲下背，和刚才燥热的温度相比，有种稍微清凉的感觉，头脑也随之清醒了。

泡澡也是中产阶级的一个象征，人到中年的姐姐们在这里

十五、倦鸟归巢

休闲一下午也相当于给自己做了次全身保养。泡完汤池后,就去汗蒸。汗蒸房里面靠墙裙的两层木凳上面铺好了白色的浴巾,坐了几分钟,细密的汗珠就从胳膊上的皮肤冒出来。

换好衣服到休闲区。这里有很多饮料、水果和冰激凌,都是自助任意取用。我端盘水果去了开放的书屋，有点日式风格，间隔的栅栏设计让大厅彼此联结又具有独立性。翻翻杂志，看看时尚达人的生活态度，看看他们拍摄的大片，这些有视觉美感的东西，让我过足了眼瘾。恰好翻到对马家辉的专访，印象深刻。他说他的性格里是百年如一日的生活习惯，有固定的节奏处理很多的事情，他喜欢有弹性的工作空间，他认为每个人要量才适性，知道自己的才能在哪里，性格是什么，保持初心的驱动力很重要。还有一个他的观点我比较认可：太保守的理由只有一个，就是试错成本太高！看吧，大师就是擅长把生活中经历的事用恰当的词总结出来。

每年我都会为自己拍新照片，今年还是照旧。过完新年的2月，我在美团上预约的是一个年轻女孩的自拍馆，她的工作室有点乱。她是名化妆师，手法很轻，画眼线和夹睫毛都让我觉得很安全，平时我最怕睫毛夹夹着眼皮了。现在的小姑娘真能干，也很懂得照顾客人的情绪。虽然这不是什么主流工作，但是这样的生活也别有一番滋味呢！预约的摄影师是个年轻男孩，拍照的时候引导情绪，指导动作，忙活了两个小时，出片效果很好。我庆幸来这儿消费了，改变一下我循规蹈矩的老观念。看到照片中美丽的自己，心情就绽放了。年轻真好，多享受生活之美！

三月是个看花的月份，只要阳光好，成都人都倾巢出动找山上的农家乐晒太阳喝茶去了。干家务也是生活的一部分，春季来临，忙了一周，把各种换季的衣服、被褥、鞋子收纳好。

十五、倦鸟归巢

如果天气乍暖还寒，就待在书屋里写作。

有时我的精力会花在给家人安排美食上，折腾累了，就消停一下。我也喜欢吃，也经常做，也经常安排家人外出就餐。住的街区很热闹，吃的很多，每天很晚都有食客穿梭在马路上。我的手机里也是各种美食平台和拼饭团，特别是午餐，基本上都在外面吃。每周我和孩子都有一次肯德基下午茶时间，听听她的想法。

2023年带薪休假的一年，让我这一年有了不慌的底气。经济上的稳定让我有更多的时间去静下来思考，一个疲于奔命的人是没有时间去规划未来的。工作需要我们去放松，放松是为了集中精力做好更重要的事情，想想前几年的经历，我也是经过了：浮夸——行云流水——瓜熟蒂落。

十六、一个主妇的美丽新世界

说起家庭主妇，马上就会联想到：买菜做饭，打扫卫生，照顾老公和孩子。

对于主妇来说，家就是自己的主场。家庭主妇基本上没有异性朋友，也没有社会工作，专业知识都是些勤俭持家的小妙招。所谓命运，大多是我们自己的选择，虽然我目前也是家庭主妇，但是我有兴趣带着老问题，去寻找打开新生活方式的答案。

人和机器一样都需要迭代更新。新的想法使我们的精神和身体保持年轻。

主妇不需要搞钱，我们真诚地面对生活，面对困难，承认困难，比躲避更有态度。生活中需要解决的问题很多，解决好

十六、一个主妇的美丽新世界

了，我们会受到生活的滋养。

如果一个女人只有婚姻，日子就太难受了。真正能给我带来充实感的是与时俱进的生活态度和学习力。我花了很多的时间来学习英语，看美剧，朗诵 TED 文章，背百词斩。每通过一段时间的学习，我就会发一期自己的英文朗诵的视频到社交

大美的逸彩世界

平台上，对前期的学习做个总结和分享。

主妇的世界没有社会工作，只有去消费的计划。一个女人保持好的状态一定是花了高昂的成本，就是时间和保养身心的成本。主妇有大把的时间，如果把时间铸造成作品，主妇有可能会成为艺术家。每个人都需要"心"动力，让自己有热情去

十六、一个主妇的美丽新世界

参与某些事情,这个想法跟生活条件好不好都没有关系,生活中的空洞,要不停地自己做事去充实。

有句话说得好:生存模式决定了行为模式。朋友圈发的内容都跟自己的立身之本有关,走自己的路,莫问前路有没有知己,一切靠缘分。

自己的微观世界要靠健康的身心去支持。保持健康的五要素:每天接受自然光,充足的睡眠,吃健康的食物,和人打交道,运动健身。当自身的负能量太多时,就要走进大自然调节身心,大自然对身心的疗愈是种天然的力量。我们每个人不是一座孤岛,每天我们要主动和他人联系,问候一下亲人和朋友,使自己的精神世界不至于陷入孤僻和悲观。

抽空喝个下午茶，和朋友约个饭也是照顾自己精神健康的好方式。舒心的友谊让你能很好地释放压力，照顾好自己才能帮助身边的人。

午睡一小时是个好习惯，晚上睡得不踏实的人，午觉后可以得到体力和精力上的恢复。吃健康的食物和保持运动健身是中年妇女特别要注意的事情。女性的年轻不是看脸，而是看体态，身体要轻要薄，当身体沉重，侧看很厚的时候，老太太的样子就出来了。五十七岁的李若彤的健身照看着就很舒服，体态年轻。

健康饮食方面就是多吃蛋白质和维生素。这个季节，我最喜欢把苹果、香蕉、牛奶打成糊，加入酸奶当奶昔吃，可口又减肥。把钱花在健康饮食的开支上比花在医院里划算。

穿衣也要讲究，要漂亮还要兼顾舒适。我通常把舒适排在第一位，把衣服穿好，是一个人的能量场，不仅给自己信心，也是热爱生活的表现。我喜欢质量好、不勒肌肉、弹性好的长筒袜，也喜欢各种打底衫，穿衣在任何场合不会走光。如果身体穿着不舒服，就没心思做其他事情了，穿着舒适，心情才顺畅。穿衣还要分场合，干家务时穿得漂亮就不想干活了，学习时打扮得漂亮就不想学习了，只有外出或社交场合穿得漂亮才会相得益彰，引人注目。

我们的美丽不能滥用场合，美丽用错了场合，会误导别人你只是一个花架子。美丽的女人没大脑，是很多人对美丽的误解，美丽在生活中自有她的价值和意义。

十七、物业管家的故事

珠珠姑娘是名小区客服,业内也被称之为管家。大美约了珠珠讲讲物业行业你不了解的故事。

很多业主在小区里生活很多年,并不清楚物业管理做的事情,初步印象就是物业管理就是守门、打扫卫生、维修家电等事情。

珠珠就先来给大家介绍一下物业管家的日常工作。

一个小区的管理机构是物业服务中心。业主交费和有事都会到物业中心找工作人员办理。物业管家的主要作用就是协调安排各部门的工作为小区住户服务。

物业中心属于一线业务部门,电脑安的软件有智慧派单系统,是高效发现问题、解决问题的响应系统。每天小区都有保

安巡园，当道路上有垃圾时，工作人员就用手机拍照上传到系统，管家看到后就会指派工单给具体的某个人去完成任务。比如，保安负责处理违规停放的车辆，保洁处理地面垃圾，维修处理楼道里坏了的电灯等。有些工作是由员工抢单去完成的，有奖励机制，比如给住户送桶装水上楼。

　　工欲善其事，必先利其器。说一下小区的车辆管理系统。

十七、物业管家的故事

当车辆进出停车场时,道闸智能识别车辆,自动起杆放行。车辆管理分为月租车和临停车。月租车是充值续费授权截止日期内可以自由进出,欠费车辆系统识别不了,不予放行。月租车也可以和房号绑在一起,保安就清楚是哪家的车,方便对小区车辆的管理。

物业中心常用的收费系统是"易软"。主要是用于收取物业、水电费。每月工程部都会抄水电底数交给客服部,管家就要把水电底数录入系统,生成费用。

小区的智能门禁系统,常用的是读卡器、密码开锁、手机App开锁。人脸识别系统因为采集业主的信息比较多,并未广泛应用。

每个小区都有业主的档案册,管家随时要做业主档案的完善和更新。维护好与客户的关系是管家的一项重要工作，管家每两个月做一次与业主的沟通全覆盖。如果小区有四百多户业主，管家就要跟这四百多户业主全部沟通一次，并做好沟通记录。每个季度管家要做项目季度服务报告，要从客服服务、设施设备、秩序维护、环境事务四个部门的工作进行总结形成文字报告，并制作成海报张贴在小区的公告栏上。

每个小区的经营目标是收费率和客户满意度。管家每月要将小区的资金报表和多种经营月报表提交给公司，并且随时了解自己项目的应收款和收费率。小区内卖的桶装水和房屋租售的中介费收益都属于多种经营范畴。整个项目正常运转，内部的各种开支，都是管家负责开支，循环报账，保证项目上的备用金不断档。在总公司的财务交流群里，财务人员每天会发布客户的到账信息，管家就找属于自己的那笔款项，给客户下账出票。

小区的业主缴费后，需要发票的，管家定期要去公司开票，

十七、物业管家的故事

领收据、垃圾票、水票等。管家每天在钉钉上考勤打卡,发送工作日志,便于经理了解项目上每天发生的事情。

成熟的物业公司都有一套完善的培训体制,一个管家被塑造的过程,也是一个被系统培训的过程,合格的管家会更好地执行公司的意图和任务。

新管家上岗第一个月的岗位培训主要是老带新的方式,由一位老客服教授并带岗实习。在基本操作熟悉后,公司的客服主管来到项目,对新管家做业务技能的提升指点,并且分享自己在这个岗位多年的一套行之有效的工作经验,帮助新管家找到适合自己的工作方式。新管家任何不懂的地方都可以请教老客服和客服主管,以便尽早胜任自己的岗位工作。半个月后,公司的行政经理会到项目上来跟新管家交流,抽查她的业务熟悉度,及时发现新管家的不足之处再次进行精细化辅导。在新管家上岗试用一个月后,会到公司参加财务软件培训。一个多月后,各项目的新人到总部参加新员工大会,行政部会培训公司的规章制度和宣导企业文化。

物业管家属于一份基层工作。做一名普通员工时要先学会做事,保持一个谦虚的心态,来到一家新公司就要把自己定位成一个开放的系统,因为这个工作阶段就是做公司的螺丝钉,这时自己太多的想法是不被需要的。在工作中善于吸取别人的经验,善于与人合作,借力别人提供的基础工作条件,这样就进步很快。不要用以往的经验或以前公司的操作方式来评价现有的操作流程。不同公司或项目有不同的企业文化和操作流程,有共性的,也有个性的,从基层做起,循序渐进,每一个环节、每一级台阶对自己的业务提升都有很大意义。

物业靠的是人来提供服务,一个正常运转的公司岗位上的人要配备齐全,日常工作才会被做着走。物业公司需要有稳定的员工队伍,小区服务大致有保洁服务、维修服务和安保服务,哪个板块没做好,都会影响到客户满意度。提供这些服务的一线员工工资很低,基本上都按成都市公布的最低工资作为底薪发放的。大多数物业人的生存是非常卑微的,在一家成本控制

十七、物业管家的故事

到极致的公司里,基层员工的生存状态就是野草。

基础服务不好,收费率肯定上不去。维护不到位的小区显得很破旧,物业服务打折扣,会引起业主的不满。有时物业公司压缩经费,服务人员配备不齐,会导致突发的临时工作没有人手来完成。因为在岗人员的工作量已饱和,再往上加量,员工就骂人了。本来垃圾不过夜的,一旦有业主产生了过量的垃圾,没人手,临时请工人没预算,现场工作只有停摆在那。有业主对珠珠说:"你们是来挣钱的,不是来搞服务的。"珠珠有些过意不去,她也是一名普通的岗位员工,只能在现有的条件下开展工作。

网络上有个笑话说物业公司请的保安室三个老头七颗牙,意思是物业公司为了降低人员成本,招的保安是老头,保洁是大妈,都不用买社保。有些保洁大妈走路都费劲,别说爬楼做清洁了,经常有业主说楼道几天没人上来做卫生了。

一线员工最重要的就是能干活和听话,服从管理。小区服务必须依靠团队,小区的客服、维修、保洁、保安在这里虽然没有家,但是他们把小区当成了自己的家,长年累月在这里服务,每天从日出到日落,目睹着业主的进进出出,打理着小区的一草一木。业主看到他们熟悉的脸和一如往昔的服务态度都心生安定。

珠珠刚到工作的这个楼盘时,觉得业主都是文明、讲道理的人。上了两个月的班才认识到这是个民风彪悍的别墅区,让你体验到和他们现实的差距就是十万八千里。有时候觉得有些人就是上个时代的产物,属于他们的时代已经过去了。看似他们很强,其实已经是外强中干了。当下时代的红利他们享受不到的时候,他们的生存和精神气质都走向刁民般的彪悍。

讲小区发生的三个故事,都比较有代表意义,可窥见物业人的苦衷。

有一个业主明明是欠了数年的物业管理费,心理素质好得很,天天在园区里住着,一副活得理直气壮不差钱那种样子。真是让人联想到她是凭本事欠钱的那种人。工作人员都不愿上门跟她说收费的事情,因为吵架也吵不过她,前后两任经理都被她骂过。首先从吵架来说,工作人员的语言跟不上她的节奏,显得理屈词穷,她的道理一套一套的,工作人员嘴里只能蹦出来几个贫瘠的词语,好几次处理她家欠费的事都不了了之。珠珠也处理过她家欠费的事,搞得她精神紧张。

另一个业主性格激进,提着铁棒找到物业办公室,说哪个再管就弄死他,大骂物业不作为,他的车没地方停,还有平时看不惯物业的地方,就新仇旧恨一起骂了,脏话连篇。保安也不敢管,只傻傻地看着。珠珠去劝慰,他让珠珠赔款,说是物业处理不当耽误他家施工,让物业赔一千两百元,说到激动处,砸了办公室的收款机、水壶、水杯等物件。

还有一户业主喜欢投诉,一个多月打十多个投诉电话投诉邻居,从市政热线到110,再到街道办,骚扰遍了市政各个职能部门。每次调查结果,邻居都是无责的。她的毛病就是消停几天,物业以为没事了,她又继续打电话,到处告状。物业多

十七、物业管家的故事

次被行政部门问责,后来街道办也烦了,不再处理她家的事。

当业主没事找物业的时候,园区里就是一副天下太平的好景象。当业主有情绪找物业闹的时候,工作人员情绪会从云端跌到谷底。面对这样的业主,一味地给他们下矮桩,低头,说好话也赢得不了好评,还可能把自己搞得离职。一旦与业主发生冲突,公司通常的做法就是牺牲一线的工作人员,去换取业主的安宁。对这样的群体,提供的只能是差异化的服务,也非常考验管家的综合素质。你不了解这个群体,就服务不了这个群体。

每天中午11:30到了工作人员的用餐时间。食堂在楼盘对面的一处老小区一楼,煮饭的嬢嬢,热情泼辣,大声地招呼着陆续到来的员工吃饭。嬢嬢总是能把最便宜的菜炒得有滋有味,大家埋头呼呼地吃饭,速度也很快,偶尔相互打趣几句,就各自刷碗散去了。有的去换岗,有的去休息。

网络上从事物业管家的人都吐槽工作难干,上辈子做了什么造孽的事来干物业,但是没有一个物业老板说再也不碰这行了,相反很多老板都非常渴望拥有一家物业公司。在物业服务挣钱从来都是低头挣的,这就是员工和老板的思想差异。因为不交物业费的业主毕竟是少数,开物业公司等于拥有了一个稳定的收入体系,公司不存在生存不了的问题,只是赚多赚少的事情。

珠珠在讲述自己做管家的故事,也穿插了许多自己的心得,大美的逸彩世界也会继续推出更多的职场话题跟大家交流。

081

十八、自在飞花轻似梦

我开了间书屋，取名叫大美的书屋。就是月亮与六便士故事的写实，仰望着月亮，挣着最少的银子。它是我平衡理想与现实的一个窝点。这间属于自己的书屋实现了学习和喝咖啡的自由。女人只有做自己喜欢的事情才会越来越好看，状态才会更好。

窗含水曲琴书润，人读花间字句香。我特意安排广告公司在我书屋的外墙上制作这么一句广告语。书屋在社区一楼，绿荫掩映，门口小桥流水。这是在2021年初冬我收到的一份特别礼物，因为写稿，我获得一家资产管理公司提供的一个十八平方的小铺面的租用权，于是我把它收拾出来作为自己的书屋，用于创作，也可以招待来访的文友。平时合作的供应商友情支

十八、自在飞花轻似梦

持装修和提供家具。

我家书店只看书，不卖书。有些宝宝就把这当成了自习室，自带手提电脑和平板来这里学习，一坐就是半天。我非常欢迎读者静下心来学习的状态，也不喜欢人来多了，因为我觉得会破坏书屋的氛围。我觉得书屋最好的气质就是冷清，我喜欢的群体也是小众群体，我想告诉读者：来这里做一个寂寞的人，生活简单，精神富足。

有些书屋卖饮品，有些书屋卖文创产品，大美的书屋卖的是时间和人文关怀。在这里看书是按小时计费，并且读者会定期收到为她们特别定制的活动邀请。书屋不挣钱，同行也不挣钱，但它代表了一份资产。做过资产管理的人知道，资产配置

大美的逸彩世界

的重要性，有些东西它就是用来锦上添花的。资产的持有，是对你过去一年或数年成绩的总结，也是合作伙伴对你有信心的依据。要有此信念：一生二，二生三，三生万物。

2022年11月14日是大美的书屋开业一周年的日子，过去的一年是充满美好幻想的一年，用"自在飞花轻似梦"来形容最贴切不过了。想起开业之初，朋友送我褚时健的话作为勉励：人生总有起落，精神终可传承。送给追求美好人生、美好生活的你，希望在新的起点、新的征程中，找到属于你的安定、安心、安全。

的确如此，书屋带给我的精神寄托，让我觉得安定、安心和安全。我想通过开书屋满足自己阅读爱好，同时也能够做做

十八、自在飞花轻似梦

社区文化服务工作。每个人的生活境遇不同，爱好也不同，我也不期待别人和我一样热衷于此。

我从不打扰我的读友，他们都在我的微信上，他们来或不来我都不以为意。只要平时看到大家的朋友圈分享就算是相互的问候和关怀了。大美的书屋有它的存活方式，活着就是胜利，就是品牌，只要小店不倒，说明自己的想法实践证明是对的。

心有半亩花田，藏于世俗之间。接下来的寻常小日子里，我会继续在书屋里写好文章，喝茶会友。据说一个人每天有三小时的时间属于自己，就是幸福指数很高的生活状态。每天三小时，我会把时间给到书屋，因为知识使我免于平庸，阅读使我联结世界。

十九、情人就像一道白月光

情人消磨到最后，就是"我与春风皆过客，你携秋水揽星河。"情人，在分手那天就定了方向，各自认取了生活的模样。

关于爱情的故事看了很多，比较欣赏林徽因的爱情观。她跟寻常女子的不一样，她的爱恋，并不是非黑即白的去树立什么，也不是随波逐流跟着情绪走。她尊重客观存在，喜欢有度。徐志摩肯为她抛妻弃女，她也保持着清醒，没有被渣男的冲动搞得一地鸡毛。徐志摩是爱她的，事实证明林徽因也值得被爱。晚年的林徽因主动联系张幼仪，向她道歉说："终于得见了，幼仪，我欠你对不起，但我不后悔。"这句话既肯定了她也是爱徐志摩的，但也为她的错误行为而道歉。其实徐志摩爱的也不只她一个，徐志摩还爱陆小曼，为了陆小曼也是天上地下的

十九、情人就像一道白月光

胡来。

读一读林徽因的《那一晚》：

那一晚我的船推出了河心，
澄蓝的天上托着密密的星。
那一晚你的手牵着我的手，
迷惘的星夜封锁起重愁。
那一晚你和我分定了方向，
两人各认取个生活的模样。
……

想念一个人的时候，喜欢和别人谈起关于他的话题，会回忆第一次见面的样子。在某个时间里，自然而然就相遇了，所有恋爱的发生都是悄无声息。去见想见的人，是种翻山跨海的心情，爱情的意义就是因为喜欢而在一起。

再看看徐志摩写给林徽因的诗句，也很打动人心：

087

大美的逸彩世界

《你去,我也走》:

你去,我也走,我们在此分手;
你上哪一条大路,你放心走,
你看那街灯一直亮到天边,
你只消跟从光明的直线!
你先走,我站在此地望着你,
放轻些脚步,别教灰土扬起,
我要认清你的远去的身影,
直到距离使我认你不分明。
……

徐志摩那么喜欢林徽因,林却没有嫁给他。因为林知道爱情和婚姻是两回事,差别很大。她婚后仍然和徐志摩做好朋友,既没有影响到她的婚姻,也一直拥有了一个爱她的,她也喜欢

十九、情人就像一道白月光

的人。并且她向丈夫坦白了她的情怀,她的丈夫也很爱她,允许和包容她的精神世界。

在婚外情中,受伤的总是女性,因为爱情只受情绪管控。

在婚姻中,女性是受到法律和社会风俗保障的。

法律不常变,而情绪是常常变,所以很多爱情故事是以爱为名,分了合了;婚姻相比之下要严肃得多。

徐志摩和金庸都是浪漫多情的人,受到他们伤害的女人总是不甘心,觉得不值得,付出的感情到头来一文不值,空空如也。但是法律给受伤害的妻子撑了腰,重婚要坐牢,离婚也要承担责任。爱情就不用,只需表个态:我不再爱你了,咱们分手吧!这样一句轻如鸿毛的话语就轻飘飘地抵消了所有的付出。

婚姻的法律意义就是合法在一起,当然最好的状态就是既合法又喜欢,这样最好,免去了许多麻烦。婚礼为何充满仪式

你是 柔嫩 喜悦

感，为什么家的概念如此稳固？

　　创造一个家通常是一个要求很高的过程，我们需要有一所房子彰显持续有力的意向，来体现我们的精神价值和功劳。家里的物体本身都非常具有展现力，因为它需要我们找到能正确表达自己的东西，在我们的意识里知道我们是谁还不够，我们需要一些有形的物质或者情感来明确我们个性中多变的方方面面。家是你的灵魂感到合适的容身之所，每时每处家里的东西静静地提醒我们，我们最诚挚的承诺和爱。我们需要回家来重温真正的自己。我们的家有一种记忆功能，说来也怪，家帮我们记住的就是我们自己。

　　从上面这段文字就会理解做情人为何会无果而终，因为男人爱的女神都想娶回家。情人就像一道白月光，最初的相遇，消磨到最后，却只能说："当时只道是寻常。"

二十、今晚来瓶波尔多葡萄酒

维克多·雨果说:"这是一所奇特的城市,原始的,也许还是独特的。把凡尔赛和安特卫普两个城市融合在一起,您就得到了波尔多。"波尔多红酒享誉世界,它口感柔顺细致;风情万种,有"法国葡萄酒皇后"的美称,是世界公认的葡萄酒产地。波尔多纵横十万公顷的葡萄园上,遍布大小酒庄8000多个,出产的葡萄酒各具风格,纵是一街之隔,风味亦截然不同,这也是波尔多红酒令人着迷的原因之一。

一支窖藏许久的波尔多红葡萄酒仿佛从幽深时光隧道翩跹而来的优雅 lady,此时侍酒师站在餐桌前,酒标对着我们,海马刀在他手里灵活地旋转,酒瓶不动,酒盖很快被切开了。他将螺旋钻拧入木塞,配合支撑架,徐徐往外拔,最后"啵"的

一声，成功开瓶。然后，他用大拇指抠住瓶底，其余四指托住瓶身为我们倒酒，瓶口朝杯口中心倒，当酒倒至杯子1/5处时，他停住了，旋一下瓶口收尾。

温馨的平安夜，五分熟的厚切谷饲菲力、七分熟的肋眼牛排搭配这款波尔多红葡萄酒，幸福感油然而生。今夜在红酒摇曳的杯中，用心享用愉悦，此时没有遗憾和错过。我端起杯脚，

二十、今晚来瓶波尔多葡萄酒

逆时针轻轻晃动酒杯,使杯中的葡萄酒和氧气充分接触,我探鼻闻香,香气复杂,有烟熏、烘烤和奶油的气味,这是款经过橡木桶窖藏的葡萄酒。

  我缓慢地轻吸了口酒,有一丝酸涩入喉、柔和顺滑,或许有点知性,我心里升腾起一种难以掌控的妖娆。"生活是件复杂的事"他的语声飘荡在我的心里,像那海水的低吟缠绕着静听的松林之间。我微笑着不知说什么话,在浪漫婉转的萨克斯音乐里,和他轻碰杯身说"Cheers,祝我们新年胜旧年!"我的眼里写满温柔,想想毛姆曾说:"有些人年轻的时候只看见天上的月亮，从来看不到那六便士。"现在我们仍然看到天上的月亮，但我们是站在地上仰望月光，而且当我们的爱情不是憧憬和幻想的时候，发现被月光照耀的现实也是美好的。虽然生活没那么容易，我还是想把他藏在心底，放在未来一生欢喜。

二十一、婚姻启示录

2023年5月,我和先生庆祝了结婚22周年的日子,我特别想引用一首古诗词:《罗敷行》来表达自己对婚姻的一些看法。

《罗敷行》是汉代的一首乐府诗,又名《陌上桑》。讲述的是一名叫罗敷的美丽女子回绝太守的调戏,盛赞夫君品貌兼优,使太守自惭形秽的故事。

原文如下:

> 日出东南隅,照我秦氏楼。
> 秦氏有好女,自名为罗敷。
> 罗敷喜蚕桑,采桑东南隅。
> 青丝为笼系,桂枝为笼钩。

大美的逸彩世界

头上倭堕髻,耳中明月珠。
……
"秦氏有好女,自名为罗敷。"

"罗敷年几何?""二十尚不足,十五颇有余。"使君谢罗敷:"宁可共载不?"罗敷前致辞:

使君一何愚!使君自有妇,罗敷自有夫!东方千余骑,夫婿居上头。何用识夫婿?白马从骊驹,青丝系马尾,黄金络马头;腰中鹿卢剑,可值千余万。十五府小吏,二十朝大夫,三十侍中郎,四十专城居。为人洁白皙,鬑鬑颇有须。盈盈公步府,冉冉府中趋。坐中数千人,皆言夫婿殊。

丈夫就是罗敷面对生活的底气。古诗词的描述太艺术化了些,丈夫确实是一个家庭实力的体现。拥有一个有实力的丈夫,妻子就有底气来回击所有的轻薄和恶意。俗话说:"寡妇门前是非多",不是因为寡妇有多风流,而是寡妇太脆弱了。

二十一、婚姻启示录

一个正常婚姻状态的女人在工作圈里立足很重要，周围的人不会臆断她的私生活。记得以前有个女同事，平日里语言和作风都很豪放，也保持着高消费水平。从来口头禅都是这样一句话："因为我老公有钱啊！"这句话解释了她所有的出格行为，也没有同事对她有什么风言风语。

婚姻的质量跟夫妻双方的生存能力有关。老公能满足家里的日常开支，有责任心即可，也不期望他大富大贵。只要他对这个家有真诚的付出，那他就是一个合格的丈夫。婚姻中的女人，要有独立之心和独立的人格，不会因为老公的爱与不爱就迷失自己。老公在时她能过得好，老公不在，她也能过得好。"执子之手，与子偕老"的婚姻是存在爱情的。

抖音里有个女人嫁了一个看着配不上她的丈夫，她在直播间里说，她其实是嫁给了生活，她从十六岁以来就没有过过好日子，一直都在打工，为生活漂泊，这个老公虽然大她几十岁又是黑人，但是经济条件可以满足她的基本生活需求。听了这位女士的话，觉得她真是穷怕了，其实本质是她的生存能力太弱了！自己生存能力有短板就得补，是绕不开的生存话题。

我们有时错误地把对生活的希望寄托在男人身上或者婚姻上，当你完全寄希望于这个男人时，你只是换了个方式受苦。抖音里还有一个男士说他看上了一个女孩，这个女孩的外形条件不太好，他觉得花点钱可以使她变得更漂亮。说明有钱的时候，变美很容易，女人追求自身美貌来拴住男人，作用也不是那么大。

婚姻给我的启示是：自己有的才能给别人，能够输出爱和为自己提供好的生活条件，是双方走进婚姻的基本要求。我们不可能掏出自己没有的东西，能爱别人，能为家人买单，是我们保证婚姻质量的关键。

二十二、往事不可谏　来者犹可追

二十二、往事不可谏 来者犹可追

种一棵树最好的时间是十年前，首先让我引以为荣的是十年前注册了成都牡丹园会务服务有限公司。从2013年7月8日至2023年7月7日，公司成立十周年了！

没有透支的公司就是好公司，负债是良性循环的公司是好公司，老板活得体面的公司是好公司，股东能分到钱的公司是好公司，税务局里有好的征信就是好公司。

以上成都牡丹园会务服务有限公司做到了。所以，这是一家值得长期合作的公司！

作为创始人和大股东，我要感谢其他股东，感谢合作伙伴，感谢支持者，感谢见证者！

公司一直以来做的都是长线业务，牡丹园的每一次合作都是确定彼此都会有一个成功的结果。

十年创业路,开公司已融入我的生活,也算是一种生活方式吧。

我开公司的初衷不是要赚很多钱,而是为了让自己的生活条件更好一些。

对于创始人来说,一个公司能让你坚持下来的是什么?是一种生活能变好的信念和美好前景在召唤我,鼓励我一直前行!

从2013年公司成立,这十年来一路磕磕碰碰,在行进中成长。就像渔夫出海不知道能不能打到鱼,但是每次都是满载而归。这句话我理解的意思是出发就好,不要担心结果。

翻看我近三年的新年笔记,回顾一下这几年的创业心得:

在2020年1月28日我写下了《启动我的精英计划》,内

二十二、往事不可谏　来者犹可追

容如下：

幸福和收入是有预期的！以什么方式和状态进入下一个阶段？2020年启动我的精英计划！

1. 社交英语，难度代表高度，在职场中游刃有余。告诉自己平庸是条死胡同。

2. 找到自己的穿搭风格，穿出高级感。取悦别人也取悦自己。

3.有趣的人生，需要综合素质高的朋友。交3个好朋友，一起玩耍。学会休息，快乐很重要。朋友嘴上说把你看透了，可以把你的缺点说半天，但他还是喜欢你的人。

4.健康，多做有氧运动，瘦到110斤。身材好，给人的印象也很好，我自风情万种，与世无争。

5.提升家居品位。家是每一个人生活方式的呈现，幸福是心灵的富足。岁月会善待用心生活的人。

6.运营好公众号。我的核心竞争力，就是我身上有突出的特质做好内容输出。有资源为何要浪费？每天计划拿出2个小时来写稿，定位自己的风格和流派。

目前自己处于发展阶段，思考接下来的目标。围绕这个职业理想而奋斗。不要只注重宽度而不注重深度，做真正感兴趣的事，你一定会花很多时间在上面。适合自己的路，才是最好的生活。

寂寞可以换来什么？可以换来自我的提升，也可以换来日益枯朽，重要是寂寞的时间你用来干什么？未来充满未知，有胜利的希望，也许有失败的可能，成功和失败看似是个结果，其实是个过程，有些人在过程中已经赢了，你付出心血的地方，肯定会开花结果。选好一个领域，坚持下去，时间到了就会看到坚持的意义。

7. 关于合作：为众人抱薪者，不可使其冻毙于风雪。为大众谋福利者，不可使其孤军奋战。为自由开路者，不可使其困顿于荆棘。以我的茶换你的酒，以合作的心态去交友，视优秀为责任，时刻不忘提升自我！

8. 关于情感：共饮一杯清茶，共研一碗青砂。爱像水墨轻纱，何惧刹那芳华。安全，有爱，有实力，做一个值得被爱的人。我要以文字和影像来记录我的生活，向外界证明，我的存在和我的情怀。

9. 关于速度，人生有快有慢。慢一点成为想变成的人，也没关系，美好了自己，美好的事情终会到来！

再看下 2021 年的前一天的笔记：写于 2020 年 12 月 31 日，主题是《生活有戏 前程似锦》。

内容摘录：从 2018 年开始至今，星移斗转，在近三年的时间里大美微传媒策驽砺钝累计发布 261 篇文章。这三年时间让我更加深刻地去理解生活，并且有信心将对生活乐观的信念贯穿到底。

做公众号是份小小的事业，让我饱含激情，马不停蹄；它很精彩，它是我的生活也是我的事业。每出一期内容前，它会逼你自动去学习，了解世界更多未知的精彩。我还不知道怎么去处理新环境中所面临的困难。虽然我难以自诩为作家，但肯定是个热爱生活的记录者。

一个人低头走路，山高水长。做一份事业，满怀诚意，你在持续丰盈它，它在不断滋养你。当你用心观察生活时，你会发现生活有戏。别人的生活也是故事，我不仅记录自己的生活也在记录别人的生活。享受生活之美，是件有趣的事，每个人都有适合自己的生存方式。在这个多元化的社会中，你看见卖包子的商贩在活，成天和颜料打交道的画家在活，建筑老板也在活，营业员在活，主妇宅在家里不挣钱，她也能活。生存的模式并不是单一的，我们只是在不同的赛道而已。在2020年大美微传媒除了写作发稿，还参加了线下的许多交流活动，同时大美也报了网课在学习。我的公众号，养了我三年，并未让我尝遍世间艰辛，反而让我更清晰今后职业发展方向，做你擅长和热爱的事情，生存自有出路。

我的每一篇原创文章的赞赏账户上标注了口号："享受生活之美！"一直以来，我也在身体力行去实践。每当推出新一期内容时，我会收集了解这个行业领域的相关素材，比如出一期时尚穿搭，比如写心理学相关的故事，比如分享英语学习，或者讲述一段爱恨情仇的故事，让你觉得生活是立体的，并不单调，好的品质生活具有多个支撑点，并不是单一的某一项就可以构建你优质的生活基础。掌握平衡，物质与精神是鱼和熊掌

二十二、往事不可谏　来者犹可追

可以兼得的。

三年，并不长，相对于我一生的风景来说。

三年，并不短，能一心一意花时间和精力做好一件事的人并不多。

目前，按大美微传媒的发展情形，还是可以持续做下去。2021年大美微传媒将不忘初心，继续前行。想想当初为何会出发？想想我要到达的终点，预计2021年对我来说是收获的一年，也希望把自己培养成一个情感丰富的人，可以更准确地表达自己，也希望2021年以文会友可以遇到更多有趣的同行者。

在2022年的1月24日，我写下了：《2022年破局之年，走合作之路》。奔赴在自己的热爱里，时光飞逝，唯有实力永存！

内容摘录：今年虎年，我即将44岁。到这个年龄也不是凡事都要去试试。有所为，有所不为。我对我的2021年比较满意。业绩是个硬指标，可不是别人主观说你好还是不好，它是客观的，是可量化的。

女性和男性在职场的阶段特点是不一样的。对于今年44岁的我来说，保持年轻态是特别重要的事。生存的压力也让我更多思考关于工作走向和定位的问题。到了这个年龄，上班也不具有优势。

现在这个时代被称为后疫情时代，要关注国家的宏观经济调控政策，在经济不景气的时候，个人的力量很渺小，要走合作之路。现在这个时代也是科技数字化时代，普通人获得财富的门槛提高了，得有自己的金刚钻，要找到属于自己的核心竞争力。

能过上普通平凡日子都是件不容易的事。一个就业者，有两三份收入将会是普遍现象。时代变了，别指望节约过日子，当吃饭成本越来越高，当住房成本越来越高时，靠节约是没有出路的。当吃不上馒头的时候，就只有去喝粥；当粥都喝不起

二十二、往事不可谏　来者犹可追

的时候，你会觉得活得不如有钱人家的宠物，它们还可以吃罐头，还可以被人伺候洗澡，而你还拥有什么？

社会在变革，能改变的只有自己。顺势而为，就是普通人的生存出路，靠过去那套活法不灵的时候，就要顺应时代的洪流。老古板的思想不变，只有受生活的苦。过去几年，我喜欢逆流而上，但这种事只能偶尔干一次，我会用更好的精力顺势而为，无论在工作中还是在生活里。商场里的营业员大妈可以熟练地飙英语，一个风华正茂的大学生去应聘保姆，这些都反映了各个行业都在内卷，僧多粥少，竞争加剧。你会看到越来越多的高学历者去从事底层工作。其实，人想开了，就不会介意从零开始，降维打击，无往而不利，新的路上会有新的风景。

2023年，公司在五一节放假的前一天做了股东分红，于是这个假期变得很美好，也给合作伙伴巨大的信心。我给股东的承诺是分红年年有，我在钱就在。企业价值的最大化就是尊重利益相关者，归根结底就是股东价值最大化。我们都为公司付出过，兑现回报是应该的，它是份法律保障。

没有人能预测未来，所以总有人后悔当初。厉害的人知道所有的答案，没有任何缺点。这种观点既不符合事实，也会阻碍成长。以开放的心态与可信之人一起审视问题，你将大幅提升做出正确决策的概率。

往事不可谏，来者犹可追。往者：亡也；追：继续下去。意思是过去的事已过去，不用再提规劝之言，未来还要继续往前走，继续去追求。创业十年，肯定做过十分得意的事，也做过十分懊丧的事，无论如何，过去的事已不可改变，未来可期，还是把重心放在当下吧。

命运的舵该握在自己手中，我们都不必幻想另一条鲜花盛开的路。如果有一天偏离了航线，那就重新导航吧。

接下来思考一下：战略不是未来要做什么，而是自己现在做什么才能有未来。

十年，代表着公司的第一个阶段结束。

这十年中最好的关系就是合作关系，里面包含了责、权、利，还有差不多的格局和统一的价值观。引用加缪的一句名言："不要走在我后面，因为我可能不会引路；不要走在我前面，因为我可能不会跟随；请走在我的身边，做我的朋友。"

未来的路怎么走？自力更生，走创新之路！唯有如此，才能到达胜利的彼岸。人在最后的时刻，靠的只有自己，要有吃苦的准备。靠自己立起来的人，轻易垮不了！

为前进创造条件，不为后退拼凑理由。志存高远，素履以往，精彩还在前方！

二十三、五丁开出一成都

李白在《蜀道难》一诗中写道："蜀道之难，难于上青天，蚕丛及鱼凫，开国何茫然！尔来四万八千岁，不与秦塞通人烟。"

世上有城之后才有都，一年而所居成聚，二年成邑，三年成都。相传，杜宇传帝位给鳖灵，鳖灵把帝位传给自己的子孙，后来他们把都城迁移到成都。当时强大的秦国，常想吞灭蜀国。但是蜀国地势险要，一夫当关，万夫莫开，硬攻显然不是办法。秦惠王便想出一条妙计：叫人做了五头石牛，每天在石牛屁股后面摆上一堆金子，谎称石牛每天能拉一堆金子。

蜀王听到这个消息，很想要得到金牛，便托人向秦王索求，秦王马上答应。但是石牛很重，怎么搬运？当时蜀国有五个大力士,叫五丁力士。蜀王就叫他们去凿山开路,把金牛拉回来。五丁力士好不容易开出一条金牛路,拉回这些所谓的金牛,回到成都后方知上当受骗了,于是把这些石牛退还给秦国。

秦王听说金牛道已打通十分高兴。但十分忌讳五丁力士,于是设计诱杀他们。五人带着秦王赐予的五位美女经过梓潼,看到一条大蛇朝山洞钻去,五丁力士赶紧跑过去抓住蛇的尾巴,使劲地往外拉,想把巨蛇从山洞里拉出来。轰的一声巨响,地动山摇,大山崩塌下来,瞬间五丁力士和美女都被压死了,化作五座峰岭。蜀国国王得知这个消息悲痛欲绝,亲自登临这五座山峰予以悼念,不久他也失去国土,不知所终。

秦王听说五丁壮士已死,蜀道已通,便派大军消灭了蜀国。蜀国沃野千里,良田万顷,在秦始皇统一六国时,成了秦的大后方,供应了大量的物资,为统一六国的大业打下了经济基础。

话说秦国建立,面临大一统的局面。战国时期百家争鸣的状态已成为秦国大一统的绊脚石。中央集权的制度,更适合运用李斯的法家思想,焚书坑儒在这样的背景下发生了。

当时一些儒生、游士引用儒家经典,借用古代圣贤的言论批评时政,导致秦始皇不满。《史记·秦始皇本纪》中记载,始皇闻(侯生、卢生)亡(逃跑),乃大怒曰:"吾前收天下书不中用者尽去之。……今乃诽谤我,以重吾不德也。诸生在咸阳者,吾使人廉问,或为妖言以乱黔首。"于是使御史悉案问诸生,诸生传相告引,乃自除犯禁者四百六十余人,皆坑之咸阳,使天下知之,以惩后。益发谪徙边。

二十三、五丁开出一成都

所谓的徙边，就是发配边疆。通往四川的道路虽然被五丁力士打通，但毕竟是羊肠小道的偏远之地。不少文人学士在坑儒时虽然幸免，但是发配边疆却没有跑脱。于是数千人经艰苦跋涉，吃尽苦头到了四川，由于成都相对繁荣，他们大多选择在成都定居下来。

这帮人大多是摇唇鼓舌之辈，说是道非之人，消停不下来。当时四川已经开始种茶，虽然制作不精，但是饮后兴奋，他们集中三五好友，或邀八九良朋，在街道边，在河流旁，搭着竹椅，用粗糙的陶碗喝起茶来，吃三喝四，大呼小叫，谈到高兴处白沫横飞，吹牛充壳子，南腔北调，仿佛整个天地都是他们的，再没在京城的那般拘束。

这些大秦帝国被放逐来的文人雅士，在成都过得十分得心应手，既有放怀高歌的雅致，也有借酒抒怀的逸趣，也就乐不思秦了，没有回归故里的念头。他们的品茶行动，形成了一道亮丽的风景线，带动着成都原住民效而仿之，也参与到喝茶的行列中来。

从此这种遗风一代代流传，除了茶文化，还有文脉之风也代代相传，故成都历来文风较盛，出了许许多多的文人雅士。有扬雄、司马相如、李白、杜甫、陈子昂、杨升庵、郭沫若，等等，可以说数不胜数。他们虽然不全是成都人，但是都有成都生活的经历，有的是成都大生活圈出生的。故宋濂在《送天台陈庭学序》中讲道："成都，川蜀之要地，扬子云、司马相如、诸葛武侯之所居，英雄俊杰战攻驻守之迹，诗人文士游眺、饮射、赋咏、歌呼之所……越三年，以例自免归，会予于京师。其气愈充，其语愈壮，其志意愈高，盖得于山水之助者侈矣。"可见四川及成都的无穷的魅力，其主要得益于山水与文气。

二十四、花雅之争与蜀派名伶魏长生

中国戏曲是个大家族,据统计有 300 多个剧种。

风行数百年的昆曲,被称为"中国戏曲之母"。但随着"康乾盛世"工商业的兴旺,各地方戏曲如山花烂漫般蓬勃发展,居于老大地位的昆曲,受到了严峻的挑战!

当时人们把昆腔称为"雅部",各地方戏曲称为"花部"或"乱弹"。以墨守成规的昆腔为代表的正宗戏曲,受到了严重的冲击,票房不佳,观众寥寥;而以花部为代表的秦腔和弋阳腔、罗罗腔、梆子腔等地方戏曲,夺人耳目,受人青睐。这种兴衰趋势在不断地蔓延,由此也引发了"花雅之争"的局面。

大美的逸彩世界

戏曲史上的"花雅之争",实际上从弋腔进京就开始了,最初作为花部的弋腔被昆腔同化,成为京腔,两腔和平相处,相安无事。到了乾隆中后期,各省的地方剧种入京,特别是以魏长生为代表的花部秦腔,在京城演出成功,使"花雅之争"更加白热化。

乾隆三十九年,蜀派名伶魏长生年届三十,到北京"双庆部"献艺,一时歌楼观者如堵,名震京华。而六大班几无人过问,或至散去。凡王公贵族,以至词垣粉署无不倾掷缠头数千百,一时不得识魏三者,无以为人。

魏长生,字婉卿,1744年出生于四川金堂县。他幼年家贫,父母双亡,家有兄弟三人,因其行三,故叫魏三。魏长生十几岁时跟随一个在成都演出秦腔的戏班剧团演戏,并随着这个江湖草台班子在四川各地演出。长生聪明好学,肯下功夫,成了戏班台柱,他在戏班里是个全褂子,文武兼备,会的戏也很多,昆、弋、皮黄、梆子、灯戏均能演,光阴荏苒,十载磨砺,长生与该戏班去了陕西各地演出,八百里秦川早已风闻其名。

长生随秦腔戏班到江南一带演出时,学习借鉴了姊妹艺术,融汇在秦腔艺术中,并随戏班上京演出,希望打出一片天地来。

这是他第一次进京,演出没有成功。秦腔戏班收入不佳,返回陕西演出。上京演出不成功,却让他看到彼此的优越和不足。他思索了很久,找了一些艺人商量,有了满意结果。于剧目上,走民间喜闻乐见的传奇内容,更贴近现世生活的情态。在伴奏上,引进了唢呐、月琴、丝弦,让唱腔更显华美动听。

二十四、花雅之争与蜀派名伶魏长生

在化妆上，发明了梳水头、贴片子，美化了旦角形象。从前旦角也有踩高跷，但比较原始，魏长生于这方面进行了一些改良，让旦角在表演时，更显出其身段的婀娜曼妙。

冬去春来，严寒暑往，年复一年。魏长生的改革创新，赢得了广泛观众，促进了戏曲艺术的发展。与他同时代的戏曲家张英在《张古董》的出场诗中写道："打梆子唱秦腔笑多理少，改昆调合丝竹天道人心。"

梳水头、贴片子、踩跷的改进，美化了人物形象，观赏性更强，《金台残泪记》这样的评价道："百蝶凤裙正小开，双莲金城故低徊；凌波满目生尘路，洛水神妃锦水来。"

魏长生常在京城的四川会馆演堂会，他对四川罗江籍名士李调元为四川会馆撰写的门联甚为欣赏："此处可停骖，剪烛西窗,偶话故乡风景,剑阁雄,峨嵋秀,巴山曲,锦水清涟,不尽名山大川都来眼底;入京思献策,扬鞭北道,难忘先哲典型,相如赋,太白诗,东坡文,升庵科第,行见佳人才子又到长安。"

李调元是清代文学家、戏曲理论家,遭谗受贬,回到四川罗江。他与魏长生交往甚笃,收到他从成都寄来的问候信后,欣然赋诗道:"魏王船上客,久别自燕京。忽得锦官信,来从绣水城。讴推王豹善,曲著野狐名。身价当年贵,千金纸不轻……《燕兰》谁作谱,名独殿群芳。"

魏长生吃的是戏饭!给戏班增光添彩,登台若有不测,行话讲就要戏子自行收刀检卦!学戏这碗饭,是不好吃的,学好了,吃戏饭,学不好,吃气饭!当时的戏子是下九流,为生存而奔波,沟死沟埋,路死路埋。死了祖宗也不收的。

各省伶人挟艺于斯,数以百千,其中贫病飘离,孤子失所,死无殡地者,不知凡几。生无以养,死无以葬,蔓草荒燐,枯骼遗骴,伤心惨目。魏长生倡议捐建义冢,专为伶人殁无依赖者掩而葬之。

魏长生在京城演艺十余年,艺高人仗义,资助过不少在京的贫困艺人和从川中来应考的潦倒学子,困无食宿,有求必应,解囊相助。

然而,"木秀于林,风必摧之,堆出于岸,流必湍之。"在"花雅之争"的岁月中,以地方戏曲为特征的"花部"受到了清廷的严令限制……清政府出于社会和政治原因,为维护昆曲正宗地位,不惜以行政命令,强制除昆、弋两腔外的花部各剧种,

二十四、花雅之争与蜀派名伶魏长生

不得在京演出。

"查花部搬戏者,多为淫秽,媚以取财,败坏德尚。有司传命:花部诸腔,概令改昆、弋两腔,如不愿者,听其另谋生理。倘于怙恶不尊者,交该衙门查拿惩治,递解回籍……"

魏长生在京城被指为是野狐教主,陈官银是魏长生得意门徒,有"青出于蓝而胜于蓝"之誉,陈银官被逐出京城,原因很简单,行路时冲撞了官轿。这是借题发挥,杀鸡给猴看。故先从徒弟入手,对名望颇大的魏长生,虽说没有驱逐,却是警告和限制。

"花雅之争"在京城似乎沉寂下来,花部一些艺人离京而去,一些留下改学昆、弋谋生。魏长生技艺深厚,会戏颇多,除秦腔、皮黄、川杂剧外,昆、京两腔也是行家里手。他带着他的徒弟们,在京主演了几年戏后,离京去了江南。江南各省,经济发达,商贸繁荣,花部各地方剧种在这里如山花烂漫,异彩纷呈,虽有花雅之分,却是和平共处,各自争芳,呈现一派戏曲繁荣景象。魏长生离京,到扬州及江南各地演出,颇受欢迎,影响力很大,许多艺人登门求教。

《扬州画舫录》载:"四川魏三儿,号长生,年四十,来郡城投江鹤亭,演戏一出(春台班),赠以千金。尝泛州湖上,一时闻风,妓舸尽出,画桨相击,湖水乱香。"

魏长生在江南各地演出数年后,于公元1792年回到成都,在东校场一带定居下来。东校场一带是成都戏曲艺人们集中居住的地方。杨燮在《锦城竹枝词》咏道:"无数伶人东角住,顺城房屋长丁男。五童神庙天涯石,一路芳邻近魏三。"魏长生与他们来往密切,其乐融融,经常与同行研讨一些戏剧艺术方面的问题,并将梳水头、贴片子、踩跷等技艺悉心传授,促进了中国地方戏曲的发展。

二十五、高山仰止 回望东坡

苏轼(1037—1101),号东坡居士,四川眉山人,北宋著名文学家。出身于书香门第,其父苏洵和其弟苏辙也是著名文学家,世人合称"三苏"。

苏东坡用自己的诗:"人生如逆旅,我亦是行人。"概括了自己曲折多舛、宦海沉浮的命运。欧阳修是提拔苏轼的贵人,1057年欧阳修做了礼部贡

举的主考官，在阅考试卷时，苏一篇《刑赏忠厚之至论》的文章打动了他，后来得知是苏轼之作。他对旁人说：老夫当退让此人，使之出人头地。在欧阳修的大力举荐下，宋仁宗也认为苏轼是可用之才。

苏轼的名字跟"车"有关，轼是车前横木，供站立车上远观时扶手之用，似乎可有可无，但如果没有轼的装饰车也就看起来不是完整的车了。苏洵给苏轼取名"轼"，是希望他不要忽视看起来似乎不重要的"外饰"之物。

苏轼在政治上颇有地位，门下有"四学士""六君子"，跟着他一荣俱荣，一损俱损。苏轼与王安石政见不合，站在王安石变法的对立面，经常批判变法方案。沈括也是变法派成员，也是中央派出考察新法执行效果的特派员。沈括通过假意与苏轼交好，拿到他的文稿，有目的地摘抄苏轼若干讥讽朝廷的语言，捕风捉影告发苏轼"愚弄朝廷，妄自尊大"。接着苏轼的噩运来了，被御史何正臣等上表弹劾，引发"乌台诗案"。

1079年苏轼因为"乌台诗案"被押解入狱，时年苏轼四十三岁，这是他一生重大的转折点，这次牢狱之灾103天，拉开了他下半生不是被贬，就是在被贬的路上的序幕。苏轼外放多年，不断走下坡路。苏轼享年64岁，在去世前三个月，途经金山寺，看到自己的画像，他亲题了首诗："心似已灰之木，身如不系之舟。问汝平生功业，黄州惠州儋州。"

苏轼在黄州（湖北黄冈）待了五年，担任六品小官黄州团练副使。躬耕东坡，以东坡居士自称。出黄州古城汉川门边有

二十五、高山仰止　回望东坡

一山陡峭如壁，山色赤红，故名"赤壁"。赤壁背依青山，面临长江，景色宜人，是苏东坡经常光顾的地方。苏轼在黄州创作了《赤壁赋》《后赤壁赋》《念奴娇·赤壁怀古》等千古名篇，奠定了苏东坡成为历史上大文豪的地位。在《赤壁赋》中有一句："苟非吾之所有，虽一毫而莫取。"也是当今我们官员从政的价值观。在《念奴娇·赤壁怀古》中的名句："大江东去，浪淘尽，千古风流人物。"作者通过缅怀古人来抒发自己的消极情绪，人间像梦一样，不要再感叹了，还是给江上的明月，献上一杯酒，表示祭奠。在《后赤壁赋》中描写了一只孤鹤翅如车轮，玄裳缟衣，戛然长鸣，掠予舟而西也。然后晚上做梦梦见一个道士来搭话。说明作者有慕仙出世的想法。

苏轼每次的仕途升降都与朝廷党争紧密相关。1086 年宋神

大美的逸彩世界

宗死,苏轼再次被重用,从仕途最低谷,跃升为三品大员,成为新权力机构的重要角色。

1094年苏轼五十九岁,此时宋哲宗在位,章惇出任宰相。他曾经是苏轼的好友,在乌台诗案中,章惇还营救过苏轼。后来章惇与苏轼在新旧两党的党派斗争中反目成仇。章惇是王安石的新党,苏轼是司马光一派的旧党。新党领袖蔡确被流放到瘴毒之地岭南病死。章惇以其人之道还治其人之身,借以苏轼诽谤朝廷论罪,再贬到惠州(广东惠州)。苏轼在惠州待了三年,写下《惠州一绝/食荔枝》:"罗浮山下四时春,卢橘杨梅次第新。日啖荔枝三百颗,不辞长做岭南人。"等佳句。章惇看到苏轼的诗说:"原来苏东坡过得这么舒服!"于是把他贬到更远的地方儋州。

二十五、高山仰止　回望东坡

早年苏轼和章惇在一起游玩终南山的仙游潭时，章惇想通过一截圆木当桥到悬崖峭壁上去题字，苏轼不敢过，章惇自己若无其事地走过圆木，而且用绳子把自己绑着荡到悬崖边上题词："苏轼章惇到此一游。"

另一次，章惇和苏轼在山上喝酒，听人说山上来了只老虎。于是两人乘着酒兴说去看老虎。结果半路上，苏轼不想去了，怎料章惇快马加鞭冲到老虎附近，拿了面铜锣使劲敲，把老虎吓跑了。

经过这两件事后，苏轼说章惇不顾惜自己的性命也不顾惜别人的性命，日后一定敢杀人，章惇说苏轼你肯定不如我。

在乌台诗案决定苏轼生死的关键时刻，章惇在宋神宗那儿说苏轼的好话："仁宗皇帝待轼，以为一代之宝，今反置在囹圄，臣恐后世以谓陛下听谀言而恶讦直也。"

1086年苏辙上《乞罢章惇知枢密院状》，指斥章惇在变更推行免疫法上居心叵测，提出"无使惇得行巧智，以害国事。"导致章惇被贬知汝州。苏轼接着上奏《缴进沈起词头状》指控章惇附和王安石谋求边功，草菅人命，此诉状进一步恶化了与章惇的关系。

果然当章惇出任宰相，咸鱼翻身时，就是苏轼大难临头之日。

当苏轼被贬儋州时，已经六十岁了。苏轼到了儋州，自己动手搭建了茅屋居住。章惇一是下令在苏轼沿途经过的州郡，有郡守和臣僚接待或给予便利的话，一概严惩，使得沿途州郡官员对苏轼避而远之。二是派遣对苏轼有宿怨的官员和政治对手任流放属地的官员。章惇想致苏轼于死地。苏轼在儋州待了三年，徽宗即位，朝廷大赦。苏轼在1100年被通知北返，在离开儋州时，儋州百姓及朋友携酒相送，执手泣涕，他写下了《别海南黎明表》："我本海南民，寄生西蜀州。忽然跨海去，譬如事远游。平生生死梦，三者无劣忧。知君不再见，欲去且少留。"1101年苏轼在归途中死于河南。

苏轼有首《定风波·南海归赠王定国侍人寓娘》，诗中也反映了他漂泊异乡的淡泊心态。"试问岭南应不好，却道：此心安处是吾乡。"他有种力量，把他乡变成故乡。超越于逆境和悲哀之上。

导致苏轼一生反复被贬，造成他悲剧命运的人，除了章惇还有谁呢？都是些大名鼎鼎的厉害人物。所有和他有仇恨的人，苏轼都选择了原谅，可见他豁达的心胸。他和他的敌人都经历过反目成仇、恩怨和解的相爱相杀的阶段，这在历史中也是很少见的。

先说宋神宗赵顼，在位十几年，体察民情，不治宫室，是个励精图治的皇帝。当时北宋还在向辽夏赔款，他想变法图强，夺回燕云十六州，完成统一大业，任用王安石变法，后在各方压力下又罢免了王安石，神宗从幕后走到台前，坚持变法。年仅三十八的神宗因为对西夏用兵失败，永乐城失陷，城中的二十万人惨遭杀害。神宗深受打击抑郁而死。苏轼发生的乌台诗案就是神宗在位时，苏轼是变法的反对派，也是当时北宋文

二十五、高山仰止　回望东坡

坛精神领袖，乌台诗案中东坡何罪？独以名太高。

再说一下沈括，他的代表作《梦溪笔谈》内容丰富，集前代科学成就之大成，在世界文化史上有着重要的地位，被称为"中国科学史上的里程碑"。宋史记载：沈括是"博学善文，历（天文）、撰（地方志）、乐（音乐）、医（医术）、卜（卜算）皆通……多著有文书"。沈括出卖苏轼，在苏轼背后放冷箭，差点让苏轼冤死狱中。后来沈括在镇江养老，经常到杭州找苏轼聊天，每次都毕恭毕敬，礼数周全，苏轼也坦然接待他。

苏辙劝导苏轼：不该说的话不要说，不要乱交朋友，也是苏轼的死穴。他这一辈子的祸端都离不开这两点。他不合时宜的言论总被小人当枪使，又因为他的人缘好，每次大难临头，都受到各方力量的鼎力搭救，保存了性命。

王安石与苏轼并列唐宋八大家。其中著名的一句诗是："不畏浮云遮望眼，自缘身在最高层。"就是王安石所作。王安石是个改革的强硬派，他说天变不足畏，祖宗不足法，人言不足恤。1084年苏轼前往常州，写信给隐居南京的王安石，想去拜访他。这就是历史上有名的"金陵之会"。王安石骑驴到江边等候，苏轼跳下船拱手行礼："轼今日敢以野服见大丞相。"王安石笑道："礼岂为我辈设哉？"两人一笑泯恩仇。遥想当年苏洵在王安石母亲病逝时写了篇骂王安石的文章《辩奸论》，痛骂王安石是个大奸臣。苏辙在殿试中的成绩是第四，被授予商州军事推官，王安石坚决不给苏辙写任命书，连宋仁宗来劝都没用，他认为苏辙的文章沽名卖直。苏轼在好友刘原父病逝时写了篇文章《祭刘原父》中大骂王安石"大言滔天，诡论灭世"。苏轼在王安石主政期间，四次对王安石新法开喷，王安石深恶之，把苏轼贬到杭州。他对神宗评价苏轼："轼才亦高，但所学不正。"但在乌台诗案中，因为爱惜苏轼的才华，不忍杀他，又出手相救。对神宗说"圣朝不宜诛名士"。"金陵一会"后王安石对身边的人夸奖苏轼"不知更几百年，方有此人物。"1086年王安石因为新法被废后悲愤不已，吐血而亡。苏轼给王安石写制文，总结王安石的一生，给予王安石很高的评价。在宋朝激烈的党争中，没有人能幸免于难，也是北宋灭亡的重要原因。

高山仰止，回望东坡。苏轼仕途从春风得意到谪居落寞，经历了大风大浪起起落落，受尽庙堂之苦。即使身处穷山恶水之地，也能挖掘生活中的快乐，喜欢酒、美食，喜欢居有竹。这是他多维的精神内涵所决定的。我们的一生只是短暂的片刻，我们像大海里的一粒小米，超然于物外，天地之间，物各有主，苟非吾之所有，虽一毫而莫取。如他诗中所言："寄蜉蝣于天地，渺沧海之一粟。哀吾生之须臾，羡长江之无穷。"

二十六、冷夜的篝火 ——盛唐浪子李白

李白一生：途是险途，梦是梦幻，道是假道，空是真空。

他抱负远大，执着于理想，为跨越阶级追求了一生，结局似水中捞月。

李白系商人之子不能参加科考，只能走制举之路。他一生的轨迹都在拜谒权贵，寻仙问道，在以道会友中辗转。

李白的道友吴筠受到朝廷赏识,他向朝廷推荐了李白;李白的第二个举荐人是贺知章,是武则天时期的状元,已80多岁高龄,也十分欣赏李白的才华;李白的第三个举荐人是玉真公主,她也向哥哥李隆基推荐李白。在三位贵人的推荐下,李白见到了唐玄宗,受到了盛情的款待。

李白的理想,实为宰相之志:"愿为辅弼,使寰区大定,海县清一。"

四十二岁的李白初入京师,以诗寄意,有了著名的《蜀道难》:

噫吁嚱,危乎高哉!

蜀道之难,难于上青天!蚕丛及鱼凫,开国何茫然!尔来四万八千岁,不与秦塞通人烟……

这首诗,大约是唐玄宗天宝初年,李白第一次到长安时写的。贺知章一读此诗就大为拍案叫绝,称李白为"谪仙人"。

公元742年,李白42岁入京师,43岁成为御用文人,为皇帝起草文书,担任翰林供奉虚职,但不得志,经常成为皇帝酒宴上的气氛组队员,与他的志向相去甚远。其间写下:《将进酒》:"将进酒,杯莫停。与君歌一曲,请君为我倾耳听。钟鼓馔玉不足贵,但愿长醉不复醒。……"

743年李白被唐玄宗疏远,赐金放还。仕途失意的李白深感前途难测,道路艰险。想横渡黄河,却又不可避免地遭遇"冰塞川"的险阻;想登上太行山,却又要面临"雪满山"的考验

二十六、冷夜的篝火——盛唐浪子李白

和危险。在人生道路上诗人进退不得,使李白心感无奈而又彷徨无措。写下《行路难》:"君不见,黄河之水天上来,奔流到海不复回。君不见,高堂明镜悲白发,朝如青丝暮成雪。"

再看《行路难·其一》,他把自己比喻成怀才不遇的姜子牙,"闲来垂钓碧溪上"渴望遇明君建功立业。也像伊尹一样做梦乘舟经过太阳的旁边。行路难啊,总会有个时候能"长风破浪会有时,直挂云帆济沧海"。

公元744年3月,李白和杜甫、高适同游王屋山阳台观,写下了《上阳台帖》。王屋山位于河南省济源市,有道家"天下第一洞天"之称,是传说中愚公移山之地。《上阳台帖》是李白唯一存世的书法真迹。25个字,1200多年。原文为:"山高水长,物象千万,非有老笔,清壮可穷。十八日,上阳台书,太白。"《上阳台帖》流传有序,宋徽宗的瘦金体题签,乾隆题跋。《上阳台帖》问世后,一千多年来,辗转于官府和民间藏家,曾入北宋宣和内府,后归南宋贾似道,元代经张晏处,明藏项元汴天籁阁。清代先为安岐所得,再入内府,清末流出宫外。

129

民国时张伯驹收得,后将其献给国家,现藏于北京故宫博物院。

李白的第四任妻子宗氏,也是前宰相的孙女。宗氏为李白千金买壁,李白为她专门写了《自代内赠》。在安史之乱时李白站错了政治位置入幕永王,永王兵败自杀后,李白在宗氏的多方营救下被流放夜郎,从此李白与宗氏被迫分开,再没有见过面。

李白后被大赦,于公元762年病死在族叔当涂县令李阳冰家。

李白年六十有二不偶,赋临终歌而卒。《临终歌》:

大鹏飞兮振八裔,中天摧兮力不济。
馀风激兮万世,游扶桑兮挂左袂。
后人得之传此,仲尼亡兮谁为出涕?

二十六、冷夜的篝火——盛唐浪子李白

释义：大鹏奋飞啊振过八方，中天摧折啊力量不济。所余之风啊可以激励万世，东游扶桑啊挂住了我的左袖。后人得此消息而相传，仲尼已亡，还有谁能为我之死伤心哭泣。

此诗发之于声，是李白的长歌当哭；形之于文，可以看作李白自撰的墓志铭。

李白一生表面恣意快活像盛唐的浪子，实则沉郁苦闷。他就是盛唐的浪子也像冷夜的篝火。他让我看到一个时间的旅人，从身上拍落两场大雪，由心里携出一缕火焰，独自穿过整个冬天。

大美的逸彩世界

二十七、阅读分享《局外人》
他跟这个世界不熟，冷漠至死

《局外人》这本书我读了两遍，我相信有生活阅历的人才能读懂它。主人公默尔索性格冷淡，可以说是冷漠。他对生活始终提不起来热情，一直都是事情既然已经发生了，那就这样吧的心态，哪怕是坏事发生在自己身上，他也把自己置身事外。

二十七、阅读分享《局外人》他跟这个世界不熟，冷漠至死

第一件事是默尔索的母亲过世了他回家处理丧事，全程他表现得没有任何感情而引发众怒。他没有心思看母亲的遗容，门卫老头提醒他也无济于事，他守灵时既抽烟又喝牛奶咖啡，没有半点悲伤，他关注的是在板凳上坐了一夜腰比较痛，只希望葬礼赶紧结束，可以开始他的休息和玩乐。他觉得人总会死的，死了就一切结束了，没什么大不了的。唯一给他留下深刻印象的是停尸房的玻璃天棚很明亮，屋里摆放的几件物什很显眼。第二件事是默尔索误杀了一个阿拉伯人，他被捕了。他在漫长的一年左右的审讯期间精神恍惚，无所谓，他认为法官、律师的审问像演戏一样，他还是不在乎，他认为他干的事简单明了，没有那么多的动机与谋划，其实他也不想枪杀那个阿拉伯人，但对方却被他误杀了。默尔索在法庭上强调当时的阳光直射他的额头，使他这样做，引来人们的哄笑。总之，他被判处死刑，即将在人们围观中，在行刑的广场上被断头机斩首。

《局外人》这本小说故事情节很简单，主人公默尔索的生平也很简单，用现在的话来说他是一个平常人，干着一份卖力气的普通工作，老板严格琐碎，他从早忙到晚。平日里偶尔约会着一个说不上多爱的女朋友，吃着简单的饭菜，逛着低成本的马路。他的狐朋狗友，干着拉皮条为生的职业，他也没有是非心。朋友有事他就去帮忙。一顿猪肉肠和一瓶葡萄酒就可以收买他的心。他的朋友羞辱殴打情妇，是他帮朋友骗那个倒霉的女人出来，还帮他的朋友去警察局做伪证，默尔索是没有原则的，那个被杀的阿拉伯人是被打女孩的哥哥，她的哥哥过来

寻仇报复，默尔索误杀了他。

　　故事情节不复杂，但是这本小说的影响力一直比较大。作者加缪是获得诺贝尔文学奖的最年轻的作家之一。大多数读者都会为主人公默尔索的命运而担心，这个人似乎在生活中我们认识他，作者描写人物形象立体真实，他的言行举止像是我们曾经遇到过的某个人。当你阅读了整个文章细节的时候，我们有些怜惜他。他像随波逐流的水草一样无力对抗阴差阳错的命运。

　　我们来看一下细节描写，枪是他的朋友雷蒙带来的，在第一轮的斗殴中，雷蒙受了伤，吃了亏，就想双方再次开打时，雷蒙就准备开枪打死对方。默尔索了解雷蒙的性格，如果不赞同他的话，雷蒙会很愤怒，于是默尔索劝他："他连话还没对你说，这样开枪，会显得有点卑劣。"雷蒙说："那好，我就辱骂他，等他一回嘴，我就把他撂到。"默尔索说："就是这样。不过，他要是不拔出刀来，你也不能开枪。"最后，默尔索对雷蒙说："不行，你还是得跟他单挑，把你的手枪给我。如果另一个上手，或者这个拔出刀来，我就把他一枪撂倒。"默尔索和雷蒙当时是在海滩上，对方并没有再次上来攻击他俩。正午海滩的烈日晒得默尔索脑门发胀，但他不想回海滩的木屋休息，因为马松的老婆和他的女朋友玛丽在，他不想理她们，因为两个女人为他们打架受伤的事而担心哭泣，他觉得有点烦。他陪雷蒙走到木屋，雷蒙休息去了，默尔索没进屋，他又去了海滩，转到大岩石后面想清凉一下，渴望逃避太阳，逃避走路的疲倦。命

二十七、阅读分享《局外人》他跟这个世界不熟,冷漠至死

运就在这时发生了转折,默尔索遇到了跟他打架的那个阿拉伯人,对方也是一个人。两个人对峙时精神都高度紧张,都警惕着对方的举动。文章此时又描写了太阳,太阳灼烧着主人公的面颊,汗滴聚集在默尔索的眉毛上,于是他错误地向前挪动了一步,然而仅仅这一步,那个阿拉伯人就抽刀刺中了默尔索的前额,默尔索开枪了。事情就这么阴差阳错,默尔索在厄运之门前跌入了深渊。

《局外人》的主人公默尔索是个胸无大志的小人物,对生活发生的事,似乎都与他没多大关系,他被动地接受着发生的一切,也不主动去扭转局面。他消极逃避,希望什么都没做,坏事全走开。其实默尔索并不是一个惹是生非的人,朋友求他,他就帮忙,没有原则。审判的时候,旁听席来了他的街坊邻居和旧友,都向法官申诉他不是个坏人,但这些普通人说东道西,拉家常的语言并没有切入要点,没有为他带来有利的说辞。然后,主人公在一帮所谓专业精英人士的臆想推论中成了一个冷酷的,没有灵魂的,不该活在世上的罪犯,他被像局外人一样被判决死刑。一个本来是防卫过当的误杀被定成了谋杀。默尔索是个可怜虫,到最后他都无力翻盘,可能他也觉得他没这个能耐说清楚,就干脆啥都不说了。正常人在遭遇不公时会反抗,至少跳起来闹一下。但这个人没有,他选择放弃,像是被电了无数次的狗,没有动也没有吠。法官放弃了他,认为他的灵魂冥顽不化,法官认为自己是公正的,以自己的权威和自信来定义了他是个杀人者。律师借他的案子淋漓尽致地发挥了他所谓

的专业度，结果辩护词弹弹打偏，同行和记者还对律师的工作态度赞不绝口。指控他的检察官，像一个舞台剧男主角一样滔滔不绝地臆断默尔索就是个人间恶魔，他以其神圣的职责的名义坚决地推默尔索上断头台。甚至还有记者们，来采写这个案件的新闻是因为这段时间里没有更好的料来报了，默尔索的案子就是个重大新闻。于是，在这宗案子里，默尔索是被忽视的局外人，他被定义成主流社会精英需要的题材，成就了他们的职业角色。

为什么读者会同情主人公的遭遇？因为我们所处的现实世界的人们并不是个个都是强者，并不是人人都有勇气拿起武器理直气壮地去抗争。默尔索就是一个不爱社交，不擅长表达，没有企图心的人。他弱弱地活在人海里，像尘土一样平凡无奇，当厄运砸到他脑袋时，他也不吭声。或者说他太没能力和经验来处理突如其来的事件。他的人生多么失败和懦弱，碰到一个成心嫁给他的姑娘，他也不敢确定这是份幸福。

在生命即将结束的时刻，他开始对世界无限眷恋。他放弃了掌控自己的命运的结果就是失去了一切，包括生命。

《局外人》这本书给我的启示就是无论条件如何不利，也不能放弃自己，即使没人救，也得自救。

二十八、《包法利夫人》读后感：嘴炮先生和痴情少妇的爱情

包法利夫人名叫爱玛，嫁给了医生包法利先生，一个中产阶级家庭。包法利先生查理品行可靠，勤劳敬业。他对爱玛十分宠爱，但他不解风情，爱玛是个浪漫主义的美少妇兼具一些艺术才华，所以两个人相处毫无激情和乐趣。查理以妻子爱玛为荣，百般迁就她的奇思妙想和奢侈开销，但爱玛还是患得患失，精神抑郁。终于爱玛禁不住嘴炮先生的诱惑出轨了，她与情人不断偷欢，热烈而真诚，不断倒贴，表现得生死相随，前后两个情人都被她疯狂的热爱吓跑了。爱玛干着奸淫的坏事却表现得像个初坠爱河的少女，每次约会她都精心装扮，态度慎

重倾心,以至于情夫都有一丝愧疚的心情不该把他当成荡妇或妓女。

查理在镇上名声很好,作风严肃正派。教堂里的牧师都说包法利先生和他是镇上最忙的两个人。查理每天不辞辛劳地出诊,不讲究个人吃喝,路上吃饭都是随便对付一口。而爱玛整天在家无所事事,衣食讲究,跟情人飞鸿传书,有用人伺候她的一日三餐和家务,小孩也是奶妈带着。奸商勒乐看准了她,诱惑她不断透支消费,撺掇她在法律上代理了丈夫的财务权,最后逼得查理破产,女儿被送养,爱玛自杀。

《包法利夫人》这部小说是场悲剧。虽然爱玛咎由自取,但是看完小说还是有很多深思和总结的地方。爱玛受过贵族教育,但心思单纯,诱惑她的嘴炮先生们对她略施小技就使她越陷越深,虚情假意她都信以为真。当她第一任情人厌烦她时,书中描述:他们的伟大爱情,从前仿佛长江大河,她在里面优游自得,现在一天涸似一天,河床少水,她看见了污泥。她不肯相信,加倍温存。罗道耳弗却越来越不掩饰他的冷淡。当她与她第二个情人见面时,赖昂说:他羡慕坟墓的宁静,甚至有一晚,他立遗嘱,埋他时用爱玛送他的那条漂亮脚毯裹他。两任情夫都是渣男,当爱玛提出想和他们私奔时,他们都消失了,送给爱玛的信都是充满虚无的、情非得已的各种理由。

福楼拜花了五年的时间写了这部《包法利夫人》。故事所揭示的矛盾,正是浪漫主义追求和庸俗鄙陋的现实生活的矛盾。包法利夫人自杀是因高利贷导致她破产和对爱情的绝望。小说

二十八、《包法利夫人》读后感：嘴炮先生和痴情少妇的爱情

重点描述了发生这一切悲剧的前因后果，而不是一味地引导读者去站在道德制高点上去抨击爱玛咎由自取。在我看来，爱玛的最大缺点是头脑简单、异想天开，她想追求幸福，也勇气可嘉，但因为不谙世事，结果碰得头破血流，最后送命。而诱惑她走入深渊的嘴炮先生还冷眼观看，不过耸耸肩：唉，怪她自己。觉得像爱玛这种女人死了这种小事不值一提，之前他们对爱玛像火焰一样的热情，都变成了彻骨的冷漠，像寒冬里泼醒爱玛的冰水。奸商勒乐赞美她的话，在索债时都成了要她命的毒药。每个女人都在男人的"beautiful"的赞美声中忍不住心旌摇曳，嘴炮先生们就是满足自己的消遣，却要了别人的命。

我觉得这是一本适合已婚女人读的小说，很有借鉴意义。婚姻和爱情都不是解决生活困境的良药，在哪个岗位上就要履行哪个岗位的义务。爱玛不爱她的老公，就不要享受她老公提供的物质生活；她爱情人，就要为自己的行为买单，即使闯祸了，也要有善后的能力。情人出事都是事故。文章结束还是引用包法利夫人的心声做一个收尾。"生活中怎么称心呢？她但求有某种比爱情更坚实的东西做自己的支柱。"

二十九、追剧《唐顿庄园》观后感

追剧《唐顿庄园》有段时间了，写写观后感。

故事背景设定在1910年英王乔治五世在位时约克郡一个虚构的庄园——"唐顿庄园"，故事开始于格兰瑟姆伯爵一家由家产继承问题而引发的种种纠葛，呈现了英国上层贵族与其仆人们在森严的等级制度下的人间百态。

《唐顿庄园》总共有六季，每季的时间是不一样的，每季分别讲述了一个时间段的英国社会。其中，第一季剧情发生的时间是1912年4月，也就是泰坦尼克号沉没的时间，第一季结束的时间点是1914年7月，是一战爆发的时间点。第二季的剧情是发生在1916年到1918年一战结束。第三季的剧情发生的时间在1920年到1921年。第四季是1922年到1923年。

二十九、追剧《唐顿庄园》观后感

第五季和第六季则讲述了 1924 年到 1925 年的英国社会。
《唐顿庄园》剧中格兰瑟姆伯爵一家生活富足，年轻人们无忧无虑，这正是当时欧洲上流社会的真实写照。华丽奢侈的晚宴、灯火通明直至午夜的舞会、闲适的下午茶、场面浩大的狩猎，英国贵族们认为，这样安逸有序的生活还能持续几个世纪，人们普遍陷入永久和平的迷梦中。
唐顿庄园的主人罗伯特继承了祖传基业唐顿庄园和爵位，

大美的逸彩世界

被称为格兰瑟姆伯爵。英国的贵族按等级可以分成公爵、侯爵、伯爵、子爵、男爵五大爵位。公爵作为英国世袭贵族的第一等，在罗马帝国时期，这一封号常被授予开疆拓土的功勋统帅和亲王以外的国家重臣。侯爵是英国贵族的第二等，最早是授予各地的边疆首领，类似于中国的封疆大吏，是英国贵族中数量最少的。伯爵是英国贵族的第三等，也是大家最为熟悉的爵位。子爵、男爵就是比较普通的爵位了。

二十九、追剧《唐顿庄园》观后感

英国贵族的婚姻观以家族利益为导向，以家族延续为目的，立足于财富和继承权。衰落的家族利用自己的贵族身份与新兴财富群体联姻。罗伯特娶了美国富豪的独生女科拉，获得了她丰厚的嫁妆，科拉也如愿以偿成为卡劳力夫人。

罗伯特的二女儿伊迪丝嫁给了侯爵伯蒂，地位在家族里是最高的。

罗伯特的大女儿玛丽集万千宠爱于一身，一直被奶奶维奥莱特夫人委以庄园下任管理者的重任。按照英国的继承制度，家族里没有男丁，长女也可以继承，所以娶了玛丽的"丈夫"可以获得丰厚的资产，所以玛丽在未婚女青年中显得炙手可热。

奶奶维奥莱特夫人是英国老式贵族，也是唐顿庄园的精神和气质所在。奶奶将丰富的人生理论教导给玛丽，使玛丽精神上受益成长，培养她成为唐顿未来的主人。奶奶帮玛丽传递情意给马修，为玛丽的姻缘添了把柴火，促使这对璧人结合走进婚姻。

老太太有句经典语录：

破碎的婚姻里，我从不偏袒任何一方。

为什么？

因为不管一对夫妻多想坦诚相见，没有人能说清楚什么才是真相。

这句话真是人间清醒，所以当我们听到其他夫妻闹矛盾时，不要凭主观感觉乱发言。

唐顿的三小姐茜波是一个追求精神自由的女孩，对新鲜的生活很感兴趣，一心想摆脱刻板教条的贵族生活。茜波率性天真，不仅在1910年穿上裤装跑去参加政治游行集会，并且勇敢追求自由恋爱。她冲破家族阻力不顾一切下嫁给父亲的司机汤姆，乐于做一个和老公一起奋斗的新时代女性。可惜这么一个可爱单纯的姑娘，因为难产早逝，年仅24岁。应了她姐姐玛丽常说的：每个人都应为自己的行为承受后果。汤姆也是个优秀男孩子，通过婚姻成功地跨越了阶层，成为上流社会的一员，管理唐顿庄园的土地和佃户。我觉得茜波的爱情好贵，贵得连命都丢了，还是希望真心相爱的人一起走好运吧！

唐顿庄园一年的活动分为社交季和狩猎季。在这部电视剧里还原了社交季的英国贵族的生活细节，包括着装、谈吐、用餐礼仪等。在社交季中三位大小姐的复古优雅的服饰每集都很出彩。在英国骑马狩猎是青年贵族的必修课，年轻的贵族都要参军是英国社会的传统，因为少爷们参军立功可以被授予爵位。

玛丽和伊迪丝虽然是姐妹，但很多时候总在明争暗斗。和姐姐相比，伊迪丝受到的关注少了很多。伊迪丝没有出众的长相和继承权，在家庭关系中是经常被忽视的一个，但她总是想证明自己也是优秀的。伊迪丝没人追，就放下贵族身段主动去追求男朋友，也不断受挫伤心。她积极寻找自己的幸福，她不仅开拖拉机支持社会公益，也去报社投稿应聘。她没有玛丽条件优越，每次她都像玛丽的背景板，最后伊迪丝成为人生赢家，

二十九、追剧《唐顿庄园》观后感

收获了美满的婚姻和社会地位。

唐顿庄园除了讲贵族的盛衰荣辱外,仆人的故事也同样精彩。每个人都用自己的方式活着:兴风作浪的托马斯,严格忠诚的管家卡森,聪明忠贞的安娜。

君子和而不同,小人同而不和。用这句话来形容托马斯的同党奥布莱恩最贴切不过了。奥布莱恩是夫人的贴身女仆,经常在给夫人梳头的时候打同事的小报告,伯爵夫人把奥布莱恩当作她的朋友,也喜欢和她分享话题,使奥布莱恩的坏主意经常得逞。奥布莱恩经常在休息时和"小火车"托马斯一起抽烟吐槽,特别针对贝茨。托马斯的外号叫"小火车",终于因为工作利益被奥布莱恩算计了,面临被解雇的境况。在他束手无策的时候,贝茨站出来帮了他,跟他联手反击了奥布莱恩保留了工作。让我感觉到缘分也是命运,他们无论合得来合不来还是要生活在共同的圈子里,虽然经历了很多不愉快的事,居然还是待在一起工作十多年。单位里的好人和坏人都是相对的,看对谁而言。在共同的岁月里,大家你争我斗,一起虚度流年。

《唐顿庄园》的大管家卡森戏份最多。老爷和玛丽都离不开他,唐顿庄园每天从黎明到拉灯就寝,一天的正常运转就靠卡森了。卡森在唐顿工作了几十年,早已把唐顿当成了自己的家,他视主人为亲人,没有想过其他人生。卡森与女管家休斯结了婚。

休斯太太对贝茨说:我们都有伤疤,外在的或内在的。亲爱的,你和我们没什么不同,记住这点。

唐顿的命运也反映出时代的变迁!庄园的每个人物都充满故事。每天有的人在因循守旧,有的人在谱写新篇。战后的英国社会发生了天翻地覆的变化。一大批贵族子弟在战争中的牺牲极大地加速了等级贵族制的衰亡,电话、电报、电影等新技术进入了人们的日常生活中,工党登上历史舞台,经营方式传统、思想比较保守的格兰瑟姆伯爵和他的唐顿庄园,与新技术、新思想发生着碰撞,在变革中希冀能保持自己的生活方式和传统。最后,繁华落幕。就像伯爵说的,没有人能阻挡时代前进的步伐,也是时候说再见了。贵族们仿佛日落西山,抓紧这份最后闪耀着暮色昏黄的精致与辉煌,在它尚未完全散去之前,尽情享受它呈现给当下的回味悠长!

三十、电影《被解救的姜戈》观后感

这是关于一个德国赏金猎人（医生舒尔茨）和一个被医生解放的黑人姜戈的英雄主义热血故事。

故事发生在 1858 年，美国南北战争的前两年，牙医舒尔茨从黑奴贩子手中解救了黑奴姜戈，从此改变了姜戈的命运。牙医真诚对待姜戈，把他当作和他一样平等享有社会权利的自由人。他让姜戈骑马，和他一起喝啤酒。牙医把姜戈培养成一个优秀的赏金猎人和他并肩作战，通过帮政府缉拿要犯获得丰厚赏金。他们在合作过程中建立了信任，配合默契，结下深厚的友谊。姜戈一心想解救被卖到农场为奴的妻子，牙医信守承诺帮姜戈一起去搭救。在与农场主的战斗中，医生被杀，姜戈成功复仇，炸毁城堡，携妻子胜利离去。

整部电影故事简单直接、快意恩仇，有很强烈的英雄主义色彩。暴力血腥的画面带来强烈的刺激感和黑色幽默的台词带给观众的是对社会阶级对立的思考。

农场主卡文安排侍者弹奏起德国音乐家贝多芬的名曲《致爱丽丝》；在这场戏里充满了两个大人物的心理博弈。牙医舒尔茨也透露给农场主卡文他所喜欢的作家大仲马是黑白混血的后代。最后牙医与农场主同归于尽。因为牙医宁死也不握手，在他生命尽头的最后几秒，他果断地朝农场主卡文开了枪。诙谐聪慧的他其实很清楚他会被庄园的护卫打成马蜂窝。但牙医的选择令人惊讶，一个看似为钱卖命的商人可以在最后以性命相搏去捍卫自己的尊严和原则。这是电影中一个意义深刻的画面！

德国医生舒尔茨与黑奴姜戈的友谊令人羡慕。舒尔茨医生是姜戈从黑暗走向自由的引路人，他的死使姜戈有了更深层次的变化。姜戈更加独立自由，无惧法律的约束，在这一点上超越医生成为更厉害的正义执行者。

黑人姜戈是法律意义上的自由人，但在当时奴隶制盛行的美国他无法获得平等的社会地位。在舒尔茨的培养下，一个被解救的黑奴姜戈可以骑在马上，可以与白人一起在酒馆喝啤酒，可以平等地参与白人的商务谈判。姜戈身上充满挑战特权阶级的勇气，表现得更坏更狠，他是英雄！他的同类看他的眼神充

三十、电影《被解救的姜戈》观后感

满了钦佩和向往,"黑鬼"这个词有毒,黑兄弟里眼里有光,他唤起了更多的黑人跳起来反抗压迫的决心。

这是一部讨论社会阶级与种族歧视的电影,由著名导演昆汀·塔伦蒂诺导演。他是一个喜欢在自己电影里扮演群众演员的著名导演,喜欢在剧情中扮演轻易被消灭的小人物。在《被解救的姜戈》里,他扮演的是一个负责押送姜戈的护卫员,一不留神被姜戈潇洒毙命。昆汀·塔伦蒂诺的电影著名的还有《杀死比尔1》和《杀死比尔2》等优秀作品。

三十一、电影《逃出绝命镇》里的心理学知识

最近对心理学方面的内容感兴趣,就找了部网络上推荐的与心理学相关的电影《逃出绝命镇》来看。

这部电影讲的是男主一个黑人小伙克里斯被白人女友露丝带回家见父母发现了以他为拍卖标的物的犯罪交易。就是把克里斯的大脑植入另一个富豪的思想意识。女友的母亲是一个精神病专家,她的父亲是一名神经外科医生,擅长脑部手术,女友的弟弟是打手兼助理,露丝就是物色黑人青年的托,克里斯是她的第 N 个猎物。

电影的故事脚本于 2018 年 3 月 5 日获得第 90 届奥斯卡金

三十一、电影《逃出绝命镇》里的心理学知识

像奖最佳原创剧本奖,导演乔丹·皮尔因为这部小成本恐怖电影声名鹊起。

克里斯是一个对生活认真负责的小伙子,平时注意观察生活细节,电影中他不是刻意去揣摩谁,刚开始他对看到的不理解的现象会很直接地告诉女友露丝,但露丝总是轻易地就糊弄他,让他不再怀疑,他也很深情地对露丝说她是他唯一的亲人。因为克里斯的妈妈是在他小时候出车祸离世的。至于他的父亲,他也不知道是谁。

介绍完了故事背景,我们进入正题吧。

露丝约克里斯周末去她镇上的父母家度假,克里斯担心自己是黑人怕女友父母嫌弃,但露丝表示她的父母很开明,不会存在种族歧视的观念。克里斯也说服自己跨出自我禁锢的这一步,因为他也期待拥有一份幸运美好的爱情。他把这个事也告诉了他的朋友胖子,胖子也是个黑人,很饶舌,喜欢把事情往黑暗处想。但是胖子很热心,他要负责照顾克里斯留在家里的狗。胖子对克里斯说,他觉得这次去露丝家不是什么好事情!克里斯不在意胖子的说法,与露丝开车欣然前往。

男主的厄运开场了。车快开到镇上时,他们撞死了头鹿。警察来调查事故,看到克里斯是黑人,要查他的身份证,露丝反感警察的行为,维护克里斯,怼了警察几句,警察反而叮嘱露丝把反光镜修好的善意提醒。社会对黑人的种族歧视在这里曝光了一小点,包括后来,胖子在联系不上克里斯时跑去警局报案,受理的也是黑人警察,但是三个警察听胖子的叙述后哈

哈大笑，笑话胖子担心克里斯被诱骗成性奴的推断。由于黑人的安全被整个社会所忽视，所以犯罪分子绑架黑人更容易得逞，以至于后来胖子开始采取独自营救克里斯的行动。

露丝父母家的房子是一栋单独的房子，周围没有其他住户，最近的邻居都在河对岸。露丝的父母和她的弟弟很热情地接待了克里斯，并给他介绍家族史和家族合影还有庄园里的两个黑人奴仆。他们谈得很愉快。但克里斯总觉得待在房子里心神不安，总觉得怪异，但也说不出来为什么。在心理学里当人置身于一个不安全的环境时，自己的潜意识会提醒你。

克里斯留意到在露丝家的一些反常细节：黑人女仆脸很年轻，但行动迟缓，轻声细语，举止优雅。她总是对克里斯诡异地微笑着。偶尔在克里斯提到自己在白人多的场合不自在时，女仆瞬间大滴的眼泪流下来，脸也扭曲了，很快又恢复了镇定。黑人园丁跟克里斯谈论露丝的时候仿佛在吃醋，语言暧昧，让克里斯以为园丁在爱恋露丝。而且在晚上的时候，克里斯在庄园里碰见园丁飞一样地练习跑步，这让克里斯惊讶不已。露丝的父亲跟克里斯聊撞死鹿的话题，言辞激进冷血，讲到他的母亲喜欢厨房，他的父亲喜欢跑步比赛，在某次著名的田径比赛中输给了黑人，但现在他的父亲已经释怀了。露丝的弟弟看上去是个吊儿郎当的青年，在家庭晚宴中他喝醉了，绕到克里斯的身后抱住克里斯的脑袋，仿佛对克里斯的头很感兴趣。克里斯待在这个家里两天，觉得浑身不自在。在聊天时，露丝的母亲问他抽不抽烟？克里斯说要抽，她的丈母娘说她是精神科医

三十一、电影《逃出绝命镇》里的心理学知识

生,可以通过精神疗法帮他戒烟。克里斯婉拒了。可当他傍晚经过丈母娘的房间时,他被邀请进去坐一会,出于礼貌,克里斯落座了。然后这个精神科医生就在聊天话题中看似闲聊,循序渐进地影响他的意识,克里斯不断被她引导陷入对母亲的思念和内疚当中,泪流满面,无法自拔。虽然他的眼睛也看得到露丝的妈妈坐在对面,但灵魂已不在体内,克里斯的意识已不能控制自己,他感觉他的身体坠入地板之下,在黑暗中漂浮沉沦。这个精神科医生不断地搅动着咖啡杯,咣当碰壁的声音像咒语一样萦绕在克里斯脑袋周围,克里斯的意识在挣扎想要回到现实世界,最后他睡着了。关于这个情景我查了一下心理学催眠术的相关资料:凡是单调、刻板、重复的声音都能诱发正常人不同程度的催眠,比如你坐在列车里,在半睡状态中,你还能听见语音播报的声音,但对于其他嘈杂的声音就迷迷糊糊,记不清了。

第二天克里斯起床后跟露丝说了好像昨晚被她母亲催眠了,露丝叫他别多想,告诉他家里要举办 party,会来很多好朋友,到时一起玩。克里斯暗地里给朋友胖子打了电话,说了自己的遭遇,胖子让他待着不舒服就回来,并开玩笑损了他几句。

接下来的 party 让克里斯觉得事情太不正常了,每一位来宾都是乘坐豪车抵达,穿得荣华富贵,下车后都热情地拥抱黑人女仆和园丁,仿佛故友一样寒暄。克里斯努力融入其中,每次他刚准备介绍自己,对方就打断他,说知道他,好像来的每一个人都提前了解过他似的。来宾们都是年迈的老人,他们说

喜欢克里斯的肤色，说黑色现在是种潮流，比如奥巴马。老女人们不由自主地去摸一下克里斯的胸和手臂，感叹他强健的体格和身形。这些白人老人们聊着高雅的艺术爱好和打高尔夫球的趣事，克里斯觉得他不属于这个群体，尴尬极了，他放弃了，跟露丝说想回房间休息。这时一个白人老女人搀着一个年轻的黑人小伙朝他走过来了，这位黑人小哥戴着礼帽，穿着考究的西服，他们向克里斯打招呼。克里斯喜出望外，终于看见了一个同类。他开心地伸出拳头想去对碰黑人小哥的拳头，因为黑人男性平时社交见面礼就是伸手碰下对方的拳头。但黑人小哥很陌生地伸手做了个握手的姿势，克里斯蒙了。他觉得见过黑人小哥，好像有点眼熟，于是他用手机偷拍他的照片打算传给胖子看看。当手机的闪光灯闪了一下的时候，黑人小哥发现他被偷拍，被激怒了，他怔了一下开始流鼻血，大声冲着克里斯咆哮"get out"，克里斯也被吓着了，连声说"对不起"。搀着他的那个白人老女人向大家道歉说她老公癫痫病发作了，需要去休息一下，就双双离开了。露丝为了缓解气氛也说想到河边散步，让克里斯陪她一起去。在克里斯离开的这个时间段，庄园里正在进行一场拍卖会，露丝的父亲，就是那个神经外科医生在主持，台上放着克里斯的一幅大照片。

在河边，克里斯质问露丝为何她的母亲会跟他聊他的妈妈离世时的事情，关于这件事的具体情形他只告诉过露丝。克里斯要求马上结束度假，他要回城里。

通过这部电影我了解到心理学的威力，多了解这门学科，

三十一、电影《逃出绝命镇》里的心理学知识

提高自己的社交安全意识，保护好自己。利用心理学控制别人就需要了解对方最隐秘的事情，另外，容易被催眠的人都是内心有巨大创伤还没有愈合的人。在现实社会传销和邪教组织的头目中，都会利用心理学去控制成员。专业学过心理学的人，你跟他聊天，就是业余选手和专业选手在PK。如果有个聊天对象在与你聊天时，让你专注盯他手机里的一个图片两分钟以上时，你就得注意了！前方高能预警！另外，你的聊天对象别有用心地引导你进入某一情绪时，或者总对你的隐秘话题感兴趣时，你也得注意了。露丝的母亲就是在与克里斯看似平常的拉家常中控制了克里斯的意识。克里斯在与她进行潜意识的沟通时也在半清醒中能感觉到外界的存在。

男主克里斯没有掉进陷阱，因为他平时就会思考和观察生活细节。露丝家人不正常的细节他没有忽略，他会反思。他在露丝房间里发现露丝与很多黑人帅哥的亲密合照，发现了露丝的前任男友个个都是黑人，并且那个戴礼帽的黑人小哥和园丁也是露丝的前男友。克里斯意识到了危险，他正在进入一个他不了解的世界。

露丝的家庭干着为富豪们移植大脑神经的黑色交易，年轻力壮的黑人成了富豪购买的移植体。并且富豪们挑选的是有艺术才华或有体育特长的黑人。在整部影片中，充斥着白人对黑人的种族歧视。白人富豪们热烈地谈论着黑人，将他们视为将来自己的替代品，没有人认为黑人和他们一样属于这个现代文明社会的一分子。富豪们在与他们的同类交往中表现得涵养得

体，那是因为他们是彼此认同的一个群体。

露丝家的黑人女仆和园丁其实是她的奶奶和爷爷的换脑人，所以克里斯才能在他们偶然的举动中发现他们自我意识流露时，是痛苦的。电影中介绍换脑人的神经被置换后，本体有三分之一的意识是属于自我的。这个自我跟外来移植进来的意识会相互排斥，受到外界刺激时，自我意识会小小地爆发一下，但这种排斥反应霎时间就会烟消云散，被换过脑的黑人又会进入到原脑人的日常行为中。来参加交易的来宾们都知道这个秘密，所以他们都视这两个黑人仆人为庄园的主人。那个戴礼帽的黑人小哥是新闻中曾经失踪过的音乐家，后来他出现了，除了像换了个人之外，身边还多了个大他30多岁的白人老妇一起生活。所以警察们嘲笑胖子的报案，胖子认为的受害者，在警察看来是黑人小哥傍上了富婆，开始了新生活而已。受害人被置换了大脑后本体是无能为力的，本体意识在聚会受到刺激时爆发一下又无奈放弃了。

克里斯被露丝一家打晕绑架了，关在一个密闭的房间，手脚被铐着，只有一台电视对着他，不停播放洗脑内容，并且有专门的人在电视里跟他交谈做心理辅导。谈话内容主要是让克里斯认同即将被改变的身份和做好迎接新生活的准备，电视中播放的美好未来的画面，富裕又安全。洗脑阶段过后，罪犯认为克里斯精神上已屈服了，就准备开始手术。

这个画面让我想起了传销和邪教组织的惯用手段，经过洗脑的人，回家的时候已经像换了个人，家人的死活劝解都拉不

三十一、电影《逃出绝命镇》里的心理学知识

回头了。

克里斯用坚强的意志抵御了犯罪分子对他的精神攻击。他趁着露丝弟弟来推他做手术时成功反击逃脱了。他愤怒地杀了精神科医生和神经外科医生,他找露丝算账。在打斗过程中,他慌乱中驱车撞翻了黑人女仆,克里斯这时想到了他的妈妈,危险中,他还是下车把黑人女仆抱到了车上,观众隔着屏幕都能体会到克里斯对妈妈的内疚之情,他在此时此刻不能不管这个黑人女仆。露丝对园丁喊:"爷爷抓住他!"园丁打翻了克里斯,克里斯快被园丁掐脖窒息了,紧要关头克里斯用手机的闪光灯照了一下园丁的脸,园丁停住了,片刻痛苦的表情堆满他的脸。园丁回头对露丝说:枪拿来,我来处理。当露丝递给园丁枪时,他对准露丝就是一枪,然后对准自己的喉咙也开枪了。园丁在意识清醒的刹那间,明白发生的事情,他对自己的绝望,对自己的无能为力,选择结束了自己的生命。

剧透到这里吧,对心理学感兴趣的朋友可以看看这部电影。导演很棒,把恐怖片拍得跟生活片一样,不是鬼片,却让观众处处感受到诡异恐怖的气氛。

大美的逸彩世界

三十二、诗酒趁年华

　　曾子曰："君子以文会友，以友辅仁。"电影《长安三万里》就是讲了这样的故事：李白和高适弥足珍贵的友情，他们惺惺相惜，经常交流写诗和人生志向。看完觉得文人对生活的满意度是很高的，凡事总是往好的地方浮想联翩，总是一幅天生我材必有用，千金散尽还复来的乐观。文人爱喝酒，钟鼓馔玉不足贵，但愿长醉不复醒，电影里逼真再现文人骚客宴饮的豪放。

　　诗酒趁年华，我也记录与文友的互动点滴以娱情悦志。

　　回忆某日，友人将拍摄的照片微信上传与我欣赏。我也即兴给他的照片配了几首小诗。

三十二、诗酒趁年华

《红莲小鸟》

娇莲吐艳露凝香,绝尘仙子独彷徨。

浅斟低吟花不语,且看佳期待红妆。

《墨莲》

无色更胜有色新,可闻芬芬绝世尘。

怜花何须骄颜色,玄玄之中把乾坤。

大美的遴彩世界

《蜻蜓莲叶》

小荷未露尖尖角,已有蜻蜓立上头。

碧毯铺就待君舞,谁知无心就地游。

《彩虹莲池》

碧塘澄澄泛清波,缤纷色彩耀山河。

借助微博添异彩,一桥高架放虹歌。

三十二、诗酒趁年华

《荷池》

团团圆圆秀小池,娟娟玉色捧红姿。

不慕牡丹称富贵,却输出污犹情痴。

《喜鹊》

回首往事意如何,不愁秋虫蠕蠕多。

豪情何惧伤稼客,展翅掠过半边坡。

大美的邋彩世界

　　文友也会定期聚会，无酒不成席，每次大家都意兴盎然，尽兴而归。描写饭局上的场景，用李白的《将进酒》最为贴切："将进酒，杯莫停，与君歌一曲，请君为我倾耳听。"五拳三胜后，胸中涌动燃烧的豪情，谁都向往那耀眼的锋芒，随心的狂放。笙歌燕舞中，美人举杯，"风吹柳花满店香，吴姬压酒唤客尝。金陵子弟来相送，欲行不行各尽觞。请君试问东流水，别意与之谁短长？"

　　相聚的时候，风月无古今，情怀自浅深。风雨人生，总有一缕光影为你舞动，阡陌红尘，总有一位知己等你相邀。

三十三、风物长宜放眼量

炎热的七月,阵雨消暑,带来短暂的"一院清风消烦暑,闲庭信步自然凉"的天气。

有句话特别能安抚燥热的心情,分享给大家,就是"风物长宜放眼量。"

这句话的意思是要用更为宽广长远的目光去看待世间万物,不要只顾眼前,要放开眼界去衡量。出自毛泽东的《七律·和柳亚子先生》。

眼前的好,大家都看得见,未来的好,少数人看得见。仅凭眼光,就会拉开人与人的差距。

风物长宜放眼量,从大事看,做事三年一个台阶,坚持上两个台阶后,你曾经的朋友就会对你望尘莫及。决定做一件事,

预想一下三年后的结果,会给你客观的评判。

真正困住一个人的不是问题大小,而是格局。能力决定你能得到什么,而格局决定你最终能够走多远。我们时常高估了自己一年内能做的事,却低估了自己十年里可以完成的事。偶然的成功看运气,必然的成功看格局。

不要急,没有一只蝴蝶,从开始就是蝴蝶;也不要嚣张,没有一朵花,到最后还是花。每个人的花期不同,不必焦虑有人比你提前拥有。一个人若目光短浅,只注重眼前利益,而不顾长远,必然难有所成。生活中有些力量会推着你向前走,有好的力量,也有坏的力量,我们只需要做好战略规划。在开展

三十三、风物长宜放眼量

一件事情的过程中,除了个体的力量外,还有其他意想不到的力量参与进来。

不要成为生活的奴隶,掉到钱眼里,那你就是一只井底之蛙。如果命运可以选择,绝对是以平衡的心态为前提。在任何特定的环境中,人们都有一种最后的自由,那就是选择自己的态度。最重要的是你知道你想到哪里去,你现在的选择决定了你未来的成败,有些选择会让你的生命质量完全不同。

在某一天,你可以选择睡懒觉,也可以选择去图书馆,你可以选择出去和朋友吃饭,也可以去上一节技能培训课。这些小小的选择也反映了你内心的价值取向,也和我们的命运息息相关。积极、努力、向上的生活方式会让你的命运越来越好,消极、被动、懒散的生活方式会让你的命运越来越糟。你有什么样的选择,就有什么样的人生。你的内心越淡定、越从容,你就越会舍弃那些激烈的、宏阔的、张扬的、外在的形式,而尊重安静的、内心的声音。

七月已末,是我待在书屋的第八个月。通过八个月的学习,完善了我的知识结构和培养了我跨行业思考的感知力。之所以花这么多时间来学习,是想改变我的生存模式,之前的生存方式已让我提不起热情。我在书里寻找未来的方向,捋清发展的思路,我视变化为常态,希望在改变自我,改变世界。

在沉浸书香的日子里,我将近几年的生活随笔,集结成《大美的逸彩世界》即将出版。

所有的内容取材于平凡的生活,我以丰富细腻的笔触描写

大美的逸彩世界

了都市生活的乐趣、感悟,展现了我的成长和学习的经历,记录了美好时光。让思想的新芽接受了时间的风风雨雨的洗礼,在岁月的年轮中培养成参天大树。当读者看到明艳的思想画卷时,我已把奋斗的颜色,调成了五颜六色的笔墨,融进了每一篇文字里。虽然每个人的生活经历不一样,但我们的情怀是相通的,记录过去,看到过去走过的轨迹,提醒我来时的艰难,忠诚于自己,因为那么多经历成就了美好的我!我觉得每一位在平凡的生活里拥有一颗独立灵魂的女性都值得欣赏!真诚、勇敢地面对自己的渺小,保持一个好心态,以大美的视角向外界展现生活之美,写出对生活的抗争和对美好生活的追求。

三十三、风物长宜放眼量

在《大美的逸彩世界》即将出版之际，鸣谢：罗元国、郑光福、任传功先生的大力支持。

书评
SHUPING

读大美的书　跟上时代的步伐

郑光福

文友大美的书即将正式出版,书名《大美的逸彩世界》。大美几次电告我这个好消息,并希望我这个老成都写几句读后感。老实说,自去年十月华侨出版社出了我近70万字的主要反映成都地方历史文化的《岁月留痕》后,我就想停笔了。然而,只见过几次面的大美读了我的书,认为我是老成都,给她的书写几句最合适。

我应邀到她的图书室见面,她给我泡了红茶,准备了瓜子糖果,夸奖了我的《岁月留痕》。眼前的她个子高高的,文雅利索,待我如上宾。

我翻开她的书稿,开篇便是《成都我为你停留》,这是她写到人民公园学成都人喝茶放松,日常生活去健身,去宽窄巷子等生活记录……我继续往下看,大美都市生活的内容跃然纸上,所有的内容吸引着我,于是我决定写写我的感受。

大美是从青海来到成都发展的一位四十多岁的女士,看上去很年轻,像二三十岁。我已年过古稀,享受着国家的退休金,她却还得在生意场上打拼才能够在这个城市生存的外地人。她来成都四年之久,一直干着各种创业创收的事情,四年中,她天南地北地奔走,开公司,做文化业务,写书,做自媒体,开书屋,这些在她的书里也有所记录。她寻找着适合自己的生存环境,如今大美留在了成都,说明成都是个包容性很强的城市,也是适合外地人定居发展的好地方。

我是跟不上趟的"老成都",在岗时是机关干部,退休后字都打不好。大美做生意、做饭、读书写书样样会,比我强多了。看了书里的《我的咖啡店——美雅的小时光》我也想到咖啡店里坐坐品尝咖啡;还有《今晚来瓶波尔多葡萄酒》让我也想体验一下那般微醺的醉意;她写的《一个主妇的美丽新世界》更是将她的女性的新思想展露无遗。

我帮她指正了成稿中的一些不足之处,但瑕不掩瑜,《大美的逸彩世界》是展现盛世时代的美好记事,我喜欢她的书,我相信任何追求接受新鲜事物的老成都人都会喜欢的。所以这是我向朋友隆重推荐的一本好书,我们愿意一起跟随大美的思路,跟上时代的步伐。

---

*郑光福,男,成都人,原成都人民广播电视台主任记者,资深媒体人。著有《川西风情》《巴蜀留韵》《新闻采写三十年》《岁

月留痕》等个人专著。现为中国散文学会会员，中国音乐学会文学会员，四川省散文、历史、民俗、文艺传播促进会等常务理事、会员，非遗评委。成都市广播电视协会名誉会长、成都市作协会员、成华区作协散文专委会主任，金牛区作协理事。成华区非遗评委、金牛区地名专家。